TAKE
SHOBO

皇帝陛下の専属耳かき係を仰せつかりました。

年の差婚は溺愛の始まり!?

上主沙夜

Illustration
サマミヤアカザ

蜜猫
MitsuNeko

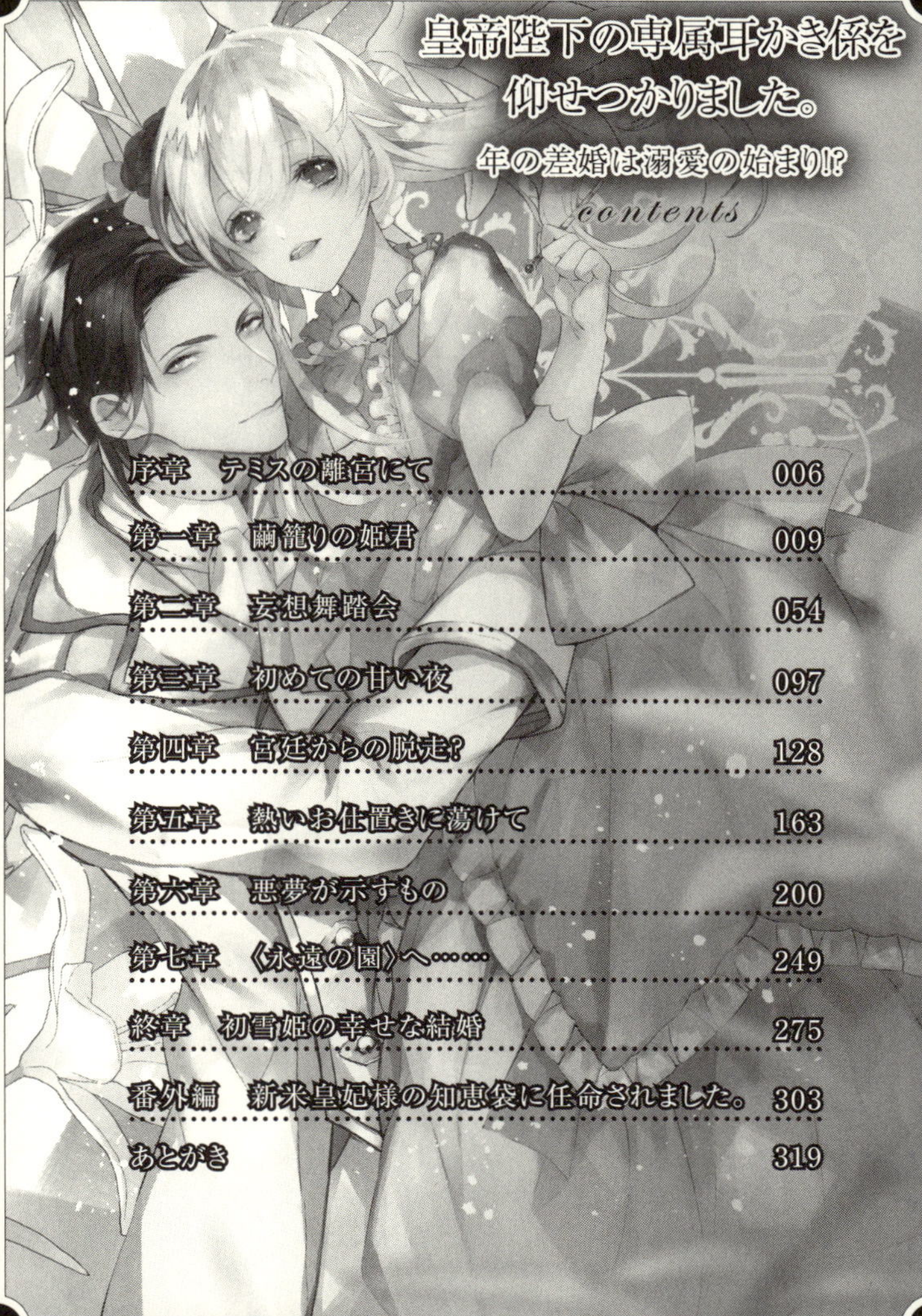

皇帝陛下の専属耳かき係を仰せつかりました。

年の差婚は溺愛の始まり!?

contents

序章　テミスの離宮にて　006

第一章　繭籠りの姫君　009

第二章　妄想舞踏会　054

第三章　初めての甘い夜　097

第四章　宮廷からの脱走?　128

第五章　熱いお仕置きに蕩けて　163

第六章　悪夢が示すもの　200

第七章　《永遠の園》へ……　249

終章　初雪姫の幸せな結婚　275

番外編　新米皇妃様の知恵袋に任命されました。　303

あとがき　319

イラスト／サマミヤアカザ

皇帝陛下の専属耳かき係を仰せつかりました。

年の差婚は溺愛の始まり!?

序章　テミスの離宮にて

「……やけに静かだな」

ダークグレーの軍帽の鍔《つば》を軽く押し上げ、ユーリは低く呟《つぶや》いた。

黒褐色の前髪の間から覗《のぞ》く怜悧《れいり》な水色の瞳には不審と憂慮、そしてわずかな焦りが浮かんでいる。

眼前に佇《たたず》む瀟洒《しょうしゃ》な館は何代か前の皇帝が建てさせた夏の離宮だ。すでに晩秋にさしかかった今、本来なら誰もいない。

だが、皇帝一家がここで息をひそめているとユーリは確信していた。

「逃げたのでしょうか」

後ろに従う青年が油断なく辺りに目を配りながら囁《ささや》く。

ユーリより少し低いが、彼もまた充分な長身の持ち主だ。同じような膝丈の将校服にマント、膝当てつきのブーツ姿で直刀《エペ》を下げ、副官であることを示す肩章をつけている。

軍帽から覗く髪は銀色で瞳は薄い灰色。軍人にしては色白で、全体に色素が薄いせいか冷ややかな印象だが、その瞳に浮かぶ危惧の念は強い。

ユーリは険しい顔でかぶりを振った。

「馬車があった。まだここにいるはずだ」

「別の馬車を使ったのかもしれません。まさか紋章付きの豪華な馬車で逃亡するわけにもいきますまい」

「どうかな。それくらいの判断力があれば、ここまで追い詰められることもなかったはず」

「確かに」

白皙《はくせき》の美青年は肩をすくめると、足を速める上官の後にすかさず従った。

半円形に広がる階段を昇り、美しい彫刻の施された扉の把手を掴《つか》んでユーリは呟いた。

「……鍵はかかっていないな」

副官は白手袋を嵌《は》めた手を慎重に剣の柄にかける。贅沢《ぜいたく》な一枚板で作られた扉は重く、ユーリが掌《てのひら》を当てて強く押すとゆっくりと内側に動き始めた。

ギィ……と蝶番《ちょうつがい》の軋《きし》む音が、やけに不吉に響いた。館の内部は灯もなく、ひどく暗い。

晩秋の夕暮れ時。雲間から射《さ》す寂しい陽光で外はまだ明るいものの、建物のなかはそろそろ灯燈《ひとも》し頃だ。

使用人が、きちんと仕事をしていれば……。

「誰もいませんね」

玄関に近いほうから順に扉を開けて室内を確認していく。

どの部屋も無人だが生活の痕跡はあった。皇帝一家は確かにこの離宮にいた――いや、まだいるはずだ。

ふとユーリは不審げに周囲を見回した。眉間にしわを寄せ、彼は弾かれたように館の奥へ向かって大股に歩き始めた。

「カッシーニ大尉――」

制止する部下には構わず、廊下の突き当たりにある大きな両開きの扉を性急に押し開ける。

「――‼」

絶句するユーリの背後で、副官もまた息を呑んだ。

上官の肩ごしに見えた光景が、にわかには信じられなかった。

丸天井からシャンデリアが下がる、美しい居間《サロン》。

そこで彼らが目にしたものは――。

第一章　繭籠《まゆごも》りの姫君

「……あっ!?　初雪だわ！」

明るい窓際で刺繍《ししゅう》をしていたレアは、ふと外を見やって歓声を上げた。

刺繍道具を傍らの小卓《テーブル》に置き、窓ガラスに額をくっつけるようにして深紅色《ワインレッド》の瞳でじっと空を見上げる。

ほんのりと明るく静かな空から、中庭の石畳の上に自分の髪と同じふわふわと真っ白な雪片が舞い降りる。

レアは眉を曇らせて嘆息した。

「陛下と一緒に見られたらよかったのに……」

「――何をだ？」

突然、背後から深く豊かな声色が響き、弾かれたように振り向いてレアはパッと破顔した。

「陛下！」

今まさに頭に思い描いていた人物がそこにいた。

均整の取れた長身を包む、裾の長い鮮やかな濃青色《プルシャン・ブルー》の軍服。無駄な装飾のない鞘《さや》に収めた直刀《エペ》。ぴかぴかに磨かれた膝当てつきの長靴《ブーツ》。見慣れた出立《いでた》ちに喜びが込み上げた。

うなじにかかるくらいの黒褐色の髪は前髪を軽く後ろに流し、額の秀麗さがより際立っている。切れ長の瞳は水色で、とても鋭いけれどレアに向けられるまなざしはいつだって優しい。

ユーリ・クリスティアン・カッシーニ。

ザトゥルーネ帝国に新たな王朝を開いた、革命の英雄――。

革命軍の内紛に端を発する混乱期を乗り越え、議会によって選出された新たな皇帝だ。

彼は前王朝の強権的な政策と王侯貴族の奢侈《しゃし》とで疲弊しきった帝国を見事に建て直した。

もちろん誇らしいことだが、レアにとってそれはさほど重要ではない。

何よりユーリは命の恩人。たったひとりの『家族』。世界でいちばん大切なひとなのだ。

「陛下！　お帰りなさい！」

両手を広げてガバッと抱きつくと、ユーリは苦笑してレアの背中をぽんぽん叩《たた》いた。

「おやおや、大歓迎だな」

「だって一ヶ月ぶりですよ⁉　一カ月も陛下に会えないなんて初めてだったんだから」

「そうだな。相変わらず元気そうで何よりだ」

相変わらずにちょっと引っかかり、レアは口を尖《とが》らせてユーリを見上げた。

彼との身長差は三十センチくらいあって、抱きつくとちょうど彼の胸に顔を押し当てる恰好《かっこう》になる。もうちょっと背丈があったらいいのに……とも思うけれど、これはこれで悪くない。

不満そうな表情にまた苦笑して、ユーリはレアの頬《ほお》を上等な手袋を嵌めた手で優しく撫《な》でた。

「で？　何を俺と一緒に見たかったんだい？」

「あっ、そうだわ」

気を取り直してレアはユーリを窓辺に引っ張っていった。

「見て！　雪が降ってます。初雪ですよ！」

「ああ。帰りの馬車からも見えた」

あっさり言われてレアはまた口を尖らせる。

「もうっ、どうして陛下はそういつも淡白なんですか!?」

「むしろ初雪で大はしゃぎするほうが不思議なんだが。レアは寒いの苦手だろう。なのに雪は好きなのか」

「初雪が好きなんです！」

一心にレアは主張した。

「初雪を見るとわくわくしちゃうんです。何故《なぜ》だかわからないけど……。なんというか、こう、胸の奥がざわざわして、きやきやして、きゅううーってなるの」

「おまえの擬音語はよくわからん」

眉間にしわを寄せてユーリが溜息《ためいき》をつくと、扉のほうからこらえかねたような笑い声が聞こえてきた。

「あ、イリヤさん！」

革命前からユーリの副官を務めるイリヤ・レオニートは今では皇帝直属の参謀長官だ。

レアは小走りに歩み寄るとドレスの裾を摘んで優雅にお辞儀をしてみせた。

黒い軍帽を胸にあててイリヤは一礼した。銀の髪をさらりと揺らし、灰色の怜悧な瞳をなごませる。

「レア様に陛下をお返しいたしますよ。溜《た》まった疲れを解きほぐしてさしあげてください」

「おまかせを！」

ぐっと拳を握ってみせると、レアのお目付役でもある女官長のメイジー夫人が控えめにこほんと咳払《せきばら》いをした。慌ててレアは両手をお腹《なか》の上で重ねた。

くすくすとイリヤは笑い、冷やかすようなまなざしをユーリに向けた。

「とりあえず二、三日はのんびりとお過ごしください。それ以上は無理でしょうからね。陛下のご気性からすると」

「いつだって俺が退屈する前に問題を持ってくるのはおまえだろうが」

憮然《ぶぜん》とユーリが返すとイリヤはいかにも人のよさそうな笑みを浮かべ、レアに会釈をして悠然と出ていった。

ふんと鼻息をつき、ユーリは軍服の襟をゆるめた。レアは脱いだ上着をいそいそと受け取り、

進み出た女官のひとりに手渡した。

「陛下、お疲れですよね？」

「そうでもないが、ずっと馬車に乗っているのは息が詰まるな」

もともと軍人のユーリは騎馬を好むが、警護の関係で行幸《ぎょうこう》はほとんど馬車だ。それが彼には不満なのだ。

「では、まず湯浴《ゆあ》みなさいますか？　それとも軽く何か召し上がってから……？」

「まず風呂だな。それから食事——いや、その前に」

言葉を切り、ユーリはレアに流し目をくれて思わせぶりにニヤリとした。レアが頬を染めてもじもじしているうちに、メイジー夫人がてきぱきと女官たちに指示を出し始める。

ユーリが風呂から上がるのを、そわそわしながらレアは待った。

（久しぶり……。緊張しちゃう！）

意味もなく室内をうろつくレアの姿を女官たちが苦笑しながら見ていたが、気付く余裕などまったくない。

やがてユーリがバスローブ姿で戻ってきた。洗い髪を掻《か》き上げる何気ないしぐさにも『恰好いい！』とドキドキしてしまい、レアは大好きな皇帝陛下をぽわんと見つめた。

ユーリは現在三十三歳だが、おじさんくさいところなど皆無だ。未《いま》だに独身ということもあり、未婚既婚問わず女性たちから熱い視線を注がれている。おもしろくはないが致し方ない。

皇帝陛下を独占するわけにはいかないし、レアはすでに充分特別扱いされている。

食事はどうなさいますかとユーリに尋ねたメイジー夫人は、三十分後に摂《と》るという返答を得ると女官たちを連れて退室した。部屋に残ったのはレアとユーリだけだ。

さっそくレアは豪華な獅子脚《ししあし》付きのどっしりした長椅子の端に座り、特製のクッションを膝に載せた。四隅に房飾りのついた天鵞絨《ビロード》製で、固すぎずやわらかすぎず、ちょうどよい厚みに仕上げてある。

「どうぞ、陛下」

にこにこしながら呼びかけると、ユーリは優しく微笑《ほほえ》んで長椅子に座り、レアの膝に頭を預けた。

レアはコルセットのなかから取り出した細長いケースを開き、特注の耳かき棒を握りしめた。

柄は象牙製で持ちやすいように八角形になっている。

先端の篦部分は純金、反対側の端には小粒のルビーとエメラルドが嵌《は》め込まれた豪華なもので、十五歳の誕生日に作ってもらって以来大切にしている。

もちろん自分用ではない。敬愛する皇帝陛下の御耳《おみみ》をかくためである。

そしてそれはレアの大切な『お役目』なのだ。

一カ月ぶりの『お役目』に感動しながら耳かきを始めたレアだったが、すぐさま眉間にしわを寄せた。

「……陛下。耳垢《みみあか》がほとんどありません」

「そりゃ、ちゃんと耳掃除してたからな」

「そんなー！　それはわたしのお仕事じゃないですかっ」

抗議するとユーリは呆《あき》れたように横目でレアを見上げた。

「一カ月も耳かきせずにいられるか。イライラしてくる」

「まさか誰かにやらせたり……⁉」

「俺の耳かき係はおまえだ。他の者にはやらせない。そう約束しただろう？」

きっぱりとした口調にレアの頬がゆるむ。

「……そうですよね」

「さぁ、機嫌を直して耳をかいてくれ。おまえに耳かきしてもらうと気持ちいいんだ」

「はいっ」

元気よく頷《うなず》き、嬉々《きき》としてレアは耳かきを再開した。

目を閉じたユーリの横顔が愛《いと》しくてたまらない。

改革を断行する新皇帝として、厳しく、時には冷酷な決断も辞さない彼が、自分の膝の上で日なたでまどろむ猫みたいにリラックスしているなんて、すごく幸せだ。

（本当に、わたしって運がいいわ）

ユーリに拾ってもらえて、家族のように扱ってもらえて。

どこの誰だかわからないことも、彼は全然気にしてない。ユーリに仕える人々も優しくしてくれる。

(神様、ありがとうございます……！)

心のなかで感謝の祈りを捧《ささ》げながら、レアは耳かきに勤《いそ》しんだ。

†

レアには七歳以前の記憶がない。

七歳というのも実は曖昧だ。ユーリに拾われたとき、たぶん七歳くらいだろうということで、その日を誕生日にしてもらった。

彼と出会ったときのことも覚えていない。記憶があるのは、ベッドに寝かされた自分を心配そうにユーリが見守っている場面からだ。

何を話しかけられてもレアはぼーっとしていた。

最初は言葉もよくわからず、知らない外国語で話しかけられているみたいだった。

言葉はやがて理解できるようになったものの、自分の名前や生まれ育ちなどは全然思い出せない。どうしてここにいるのかもまったくの謎だ。

ユーリによれば、レアは街中で彼の乗った馬に危うく踏み殺されかけたそうだ。

記憶を失ったのもそのときのショックが原因だろうとのこと。

責任を感じたユーリはレアを引き取り、面倒を見てくれた。それも家族同様の扱いで。

レアという名前も彼が付けてくれた。

頭がはっきりしてきて、状況が呑み込《こ》めるようになるにつれ、レアは自分が分不相応な待遇を受けているような気がしてきた。

ユーリを取り巻く人々を観察していると、彼らは皆一様にユーリのことを『だんなさま』と呼んでいた。そこでレアもそう呼ぶと、彼はとても困った顔をした。

『きみは使用人ではないのだから、そういう呼び方はしなくてよろしい』

ふたりは長いテーブルの端と端で食事をしていた。真ん中に置かれた枝つき燭台《しょくだい》で蠟燭《ろうそく》の炎がかすかに揺れる。

レアは料理の載った皿をできるだけ見ないようにしながら、たどたどしく言い張った。

「たすけていただいたのに、ただごやっかいになっているわけにはいきません。ええと、『はたらかざるものくうべからず』って、りょうりばんのジューンがいってました」

とたんにユーリの表情が険しくなる。

「きみにそう言ったのか?」

「え?　いいえ……。あの、げなんのペーターにそういってるのをきいたんです」

ユーリは壁際に控えている執事を手招き、何事か耳打ちした。

頷いて執事が出て行くと、彼は溜息をついた。

「それを気にして食べていないのか」

答える代わりにきゅるきゅるとお腹が鳴った。レアは真っ赤になって首が折れそうなほどうつむいた。

「いいから食べなさい。働こうが働くまいが腹は空くものだ」

「でも……」

「そんなに働きたいなら胃腸を働かせるといい」

「わたしがたべても、だんなさまのおやくにたたないとおもうんですけど……」

「だから旦那様はよしなさい。きみが美味しそうに食べるのを見れば私の気分がよくなる」

「いま、きぶんよくないですか？」

「きみが空腹を我慢している様子を見るのは、おもしろいとは言えないな」

「じゃ、じゃあたべます」

レアはフォークとナイフを取り上げて芳《こう》ばしいソースのかかった鶏肉《とりにく》を切り分けて口に運んだ。一口食べると止まらなくなり、次々と肉片を放り込む。

ワインを飲みながらユーリが尋ねた。

「うまいか？」

「はい！　おいしいです！」

素直に頷くとユーリは微笑んだ。

「それを仕事と思えばいい」

「たべることですか？」

「よく食べてよく寝てよく遊ぶ。それが子どもの仕事だ。……ああ、しかし外で遊ぶのはだめだぞ。今は危ないからな」

「はい」

こっくりとレアは頷いた。

家政婦のメイジー夫人からもよくよく言い聞かせられている。今は『かくめい』中で、外に出るととても危ないのだそうだ。

屋敷のなかも安全とは言い切れない。レアは広いお屋敷の奥に部屋を与えられていて、その辺りの一角から勝手に出ないようにと言われていた。

特に不満ではなかった。むしろ外には出たくない。覚えていないが路上で馬に踏みつぶされそうになったせいなのだろうか、なんとなく外が怖かった。

もらった部屋はとても居心地がいい。メイジー夫人や他のメイドたちが交互に相手をし、端切れと毛糸で可愛《かわい》いぬいぐるみや人形を作ってくれた。ユーリも日に数回は様子を見にきて、寝る前には本を読んでくれる。

最初の頃は子供用の絵本などなく、ちょうど読みかけの政治哲学の本など使ったものだから、まったくチンプンカンプンで三分も経《た》たぬうちにレアはこてんと寝てしまった。

その頃レアはひとりにされるとひどく不安になり、夜中に目を覚まして泣きだすこともよくあった。そんなときユーリはすぐに駆けつけて、レアが寝つくまで膝に載せてあやしてくれた。

それまでの記憶はなくとも自分がとても大事にされているのだということは理解できた。

だからこそ、命の恩人であるユーリに報いるために何かしたい。

扉が静かに開いて執事が戻ってきた。彼は身をかがめてユーリの耳元で何事か報告すると定位置に戻った。

ユーリは緊張するレアに苦笑した。

「ジューンの言葉は単なる使用人同士の軽口だったようだ。ペーターも特になまけものというわけではない。従って、きみは何も気にする必要はない。わかったね？」

「はい……」

まだ不満だったが、しぶしぶ頷いた。

ユーリは席を立つとレアの隣に腰を下ろした。すでに食べ終えていた彼の皿をさっと給仕が片づけ、執事が飲みかけのワイングラスをすかさず運んできて静かに注《つ》ぎ足《た》した。

レアはそのワインとよく似た色の瞳でおずおずとユーリを見つめた。

彼は微笑んで、ふわふわした純白のレアの髪を優しく撫でた。

メイドのアンナが両サイドで三つ編みを作り、可愛いリボンで飾ってくれた。裁縫の得意な彼女は大人用のドレスを上手《うま》く仕立て直してレアに着せた。

みんな優しい。でも、いいのだろうか。何故だかわからないけど、自分はそんなふうに優しくしてもらってはいけない気がする――。

眉を垂れ、きゅっと唇を噛《か》むとユーリが機嫌を取るように顎を撫でた。

「とにかく、今日は満足するまで食べてぐっすり眠るのがきみの仕事だ」

「ほかにもなにかおしごとありませんか？」

「きみは働き者だな……。わかった、探してあげよう」

やっと安堵《あんど》してレアは料理の攻略に取りかかった。

「急がなくていい。ゆっくり食べなさい」

彼はそう言って、見るともなしにレアを眺めながらワイングラスを傾けた。

彼の顔はとても穏やかで、目が合うと安心させるように微笑んでくれる。

レアは嬉《うれ》しくなって、すっかり上機嫌で食事を終えた。

革命の嵐は何年も続いた。屋敷の奥深くで隠れるように暮らしながら、レアはユーリやメイジー夫人の説明で少しずつ状況を把握していった。

自分たちが暮らしている国はザトゥルーネ帝国といって、ボイゼル家という一族が皇帝として二百年ほど統治していた。

初期には地方貴族たちの権勢が大きかったが、次第に中央集権化が進み、貴族たちは領地経営を差配人に任せて帝都キロンで暮らすようになった。

富と物資の集中する帝都は大いに栄え、やがては皇帝一族も貴族たちも帝都で快楽と奢侈《しゃし》に耽《ふけ》るようになった。

平民にかけられる税は次第に重くなり、地方では差配人と役人が結託して私腹を肥やした。

自由民から農奴に転落する者が増え、それでも生活がなりたたずに逃亡するものが続出した。

彼らは帝都の城壁の外に住み着き、スラム街が形成された。

そんなことは気にも留めず、王侯貴族たちは美々しく着飾り、美食に耽り美酒に酔い、豪華な城館で夜毎パーティーや舞踏会にうつつを抜かしていた。

やがては貴族のなかからも、そんな状況を憂う者たちが現れ始めた。

そのほとんどは領地を持たないか、あってもごくささやかな小貴族たちだった。

地代で食っていけない彼らは法官や武官として宮廷に仕え、それだけに大貴族の放蕩《ほうとう》ぶりを見過ごすことができなかったのだ。

ユーリもそのひとりだ。生家はそこそこの領地を持つ中級貴族で、彼は次男だった。士官学校在学中に兄が亡くなって跡継ぎになったが、そのまま卒業して武官となった。

首席だったことと家柄がよかったため近衛軍の小隊長を任され、皇帝一家の身辺警護を担当するうちに、やはり思うところがあったのだろう。改革派に共鳴するようになった。

その頃の帝国では、真面目な文官たちがどれだけ改革案を提出しても高位貴族や皇帝自身によって却下される事態が続いていた。

高級官僚はすでに腐敗しきっており、露骨な贈収賄がまかり通っていたのだ。

政治にはかかわらない建前の武官たちも、このままでは国の行く末が危ういと危惧するようになった。

ついに革命軍が結成され、軍部主導のクーデターが決行された。

皇帝側に付いたのは大貴族の子弟ばかりが集まった親衛隊のみで、それも形勢不利と悟るや、あっさり皇帝一家を見捨てて領地へ逃げ帰った。

もっとも、領地で歓迎されるはずもなく、彼らのほとんどが怒れる領民たちによって虐殺されるという悲惨な最期を遂げることとなったのだが……。

ユーリの率いる小隊は、副官のイリヤを始め全員一致で彼に従った。

彼らは熱病的に盛り上がる革命軍のなかでは冷静な穏健派で、次男や三男ではあれ全員が領主貴族の出身でもあった。

そのため皇帝側のスパイではないかと疑われてなかなか思うように動けなかった。

急進的な主導者に煽動《せんどう》された革命軍は、皇帝一家を捕縛・投獄することに決し、宮殿へ押しかけた。

しかし皇帝一家はすでに逃亡していた。主のいなくなった宮殿で金目のものを漁《あさ》っていた召使を捕らえて尋問したところ、夏の離宮であるテミス城へ向かったようだと告白した。

腹立ち紛れに宮殿に火を放ち、離宮へ急行した彼らが見いだしたもの――。

それは服毒自殺した皇帝一家の亡骸《なきがら》だったのである。

それから革命軍の迷走が始まった。内部の権力抗争により暗殺や処刑が相次いだ。

主導者は次々に変わり、国政も朝令暮改が横行して混乱を極めた。

そんななか、毅然《きぜん》とした姿勢を貫くユーリの一派は次第に共鳴者が増え、勢力を増していった。彼自身、暗殺者に付け狙われ、たびたび死線をくぐり抜けた。何日も屋敷に戻れないこともよくあった。

屋敷はユーリの私兵によって守られていたが、いざとなればすぐ逃げられるようにいつでも用意は怠らなかった。

そのときの緊張感を思い出すと、今でもレアは背中に冷や汗が浮いてしまう。

革命が始まって三年が経過した頃、ようやく革命軍の内紛も決着した。

過激派が互いにつぶし合ったこともあり、結局は穏健派のユーリが支持を集めることとなった。血みどろの内部抗争にほとほと嫌気がさして彼の一派に加わった者も多い。

改革派の文官を中心に形成された新議会によってユーリが皇帝に推戴《すいたい》された。ユーリはこれまでの専制君主制に代わって議会主導の体制を取り入れ、新たな王朝を開くこととなった。

それから八年。革命勃発から十一年。一時は全土が擾乱《じょうらん》に呑み込まれて疲弊しきった帝国は、新たな皇帝のもとで国力を盛り返しつつある。

穏健派とはいえ、ユーリは必要とあらば苛烈な決断も辞さない。

腐敗した行政の改革を断行し、賄賂やコネで地位を手に入れた者や、不当に徴収した税を私物化していた役人は処罰・追放された。

当然、反発は大きく、皇帝になってからもユーリは頻繁に狙われた。馬車に乗るようになったのは、心配したイリヤに懇願されてのことだ。むろんレアも泣いて頼み込んだ。

改革の成果が現れ、国民の生活が安定し始めたのはこの二年ほど。襲撃は下火になったが、まだまだ安心はできないと、未だにイリヤは行幸では馬車に乗るよう主張して譲らない。

†

「……陛下」

そっと呼ぶと目を閉じていたユーリの瞼《まぶた》がぴくりと揺れた。

「あ、すみません。起こしちゃいました？」

「いや、うとうとしてただけだ。おまえの耳かきが心地よくてな」

そう言われると嬉しくて、レアはそっとユーリの髪を撫でた。黒褐色のつやつやした髪は少し硬めで、素敵な手触りだ。

「あの、道中で危ないことはなかったですか？」

「特になかったな」

彼は先月から近隣諸国との国際会議に出席していた。

ザトゥルーネ帝国の政変は周辺諸国にとって対岸の火事ではない。どこの王家も『神から王権を授かったのだ』と主張しているが、いつまでも国民がそれを鵜《う》呑みにして従ってはくれないことがはっきりしたからだ。

「会議ではどんなお話し合いをされたんですか？」

「うーん……。まぁ、いろいろだな。とりあえずザトゥルーネが帝国制に戻って胸を撫《な》で下《お》ろしたってところかな。釘《くぎ》を刺すのが一番の目的だろう」

「釘？　陛下にですか？」

「奴らが望んでいるのは現状維持、つまりは王政の存続と権力の保持だ。ザトゥルーネの政治体制が急変しては困る、というか迷惑なんだよ」

「でも、前とそんなに違いませんよね？　皇帝が治める体制は変わってないし……」

「議会の権限が大きくなったからな。自分たちの国でも同じような流れになってはまずいと危惧しているんだな」

革命が起こったとき、ユーリは自分で帝位に就こうとは思っていなかった。皇帝や大貴族のあまりの専横ぶりを見過ごせなかっただけで、単なる翼賛機関に成り果てた議会の権限を強化して皇帝や貴族官僚とのバランスを取ったほうがいいと考えていたのだ。

実際、皇帝一家が心中してボイゼル朝が絶えると、一時ザトゥルーネは共和制になった。

だが、主導権争いに明け暮れて、国内の状況は革命前よりかえって悪くなった。革命軍のなかにはどさくさ紛れに略奪行為に手を染め、不当に富を蓄えた者も少なくない。

辟易《へきえき》した国民の不満が高まるなか、最後には議会の独断でユーリを新皇帝に推戴した。

賛成派と反対派で真っ二つに割れた革命軍の熾烈《しれつ》な戦闘を経て、ふたたびザトゥルーネは皇帝を戴《いただ》く帝国に復帰したのである。

断絶したボイゼル朝に代わってユーリを始祖とするカッシーニ朝が始まったわけだが、ユーリは議会に皇帝の即位に対する承認権、廃位に関する議決権を与えた。

すべてに超越する皇帝大権は担保してあるものの、議会の権限は大幅に強化された。

それが他国には脅威と映ったらしい。どの国も政治の中心は国王で、議会は単なる諮問機関と見做《みな》されているからだ。

「……つまり、陛下にもっと『皇帝らしく』しろってことですか？　専制君主になれと」

レアが考え込みながら呟くと、ユーリは満足そうにニヤリとした。

「そういうことだな」

「陛下が威張りんぼになったら、わたしはイヤです」

断固主張すると、くっくっとユーリは笑った。

「俺だっていやだよ。そんなことをすれば議会に罷免される。自分で作った制度の適用第一号にはなりたくない」

今のところ議会と皇帝は良好な関係を保っている。貴賤《きせん》を問わず優秀な人材を積極的に登用して改革に取り組む皇帝を、議会は好意的に評価している。

農奴制の廃止、税制の簡略化、初等教育の普及に力を注ぐなど、国民の人気も高い。

（加えて陛下が美男子なことも絶対あるわよね……）

目を閉じてくつろいでいるユーリの横顔を見下ろして、レアはきゅんと胸をときめかせた。

もともとの秀麗な顔立ちに加え、三十路《みそじ》に入って精悍《せいかん》さと奥深さが増した。

表情の乏しさが玉《たま》に瑕《きず》と言われることもあるが、むしろ当然だろう。そもそも彼は士官学校出のエリート将校なのだから。

いつも冷徹で無表情な彼が、レアと目が合うとやわらかく微笑んでくれる。ふわりと雰囲気が変わるその瞬間にはいつもドキドキした。

（こうして膝に頭を載せているときは、陛下はわたしのもの）

みんなの皇帝陛下ではなく、レアだけの皇帝陛下だ。

「……ねえ、陛下」

「んー？」

「今度長くお留守にするときは、わたしも連れてっていただけませんか？」

「……」

「絶対お邪魔しませんから！　おとなしくしてます」

　ふっとユーリが笑う。

「それはどうかな。蝶々《ちょうちょう》を追いかけて池に落ちただろう」

「いつの話ですかっ。もうそんな子どもじゃありませんよ」

　つーんと顎を上げるとユーリは仰向《あおむ》けになってしみじみとレアを見上げた。

「確かにな。ずいぶんと育ったものだ」

「当然です。十八ですから」

「ああ、もうそんなになるんだな」

　ユーリの呟きに哀切な響きを感じ、レアは眉を垂れた。

「ごめんなさい……」

「何を謝ってるんだ？」

　ユーリが怪訝《けげん》な顔で見上げる。

「結局わたし、全然記憶が戻らなくて」

「なんだ、そんなことか。気にするなと言ったろう」

　苦笑してユーリはレアの頬をぺちぺち叩いた。

「いいんだよ。レアは俺の大切な家族なんだから」

優しい彼の言葉。嬉しいのに何故だか切ない。

ユーリは身元不明のレアを妹のように遇してくれた。彼の厚意のおかげでレアは貴族令嬢として育てられた。

充分な教育を受け、教養を学び、貴婦人のマナーを身につけることができた。

何もかもユーリのおかげだ。どれほど感謝してもしきれない。

（おまけに、こんな特別のお役目までもらえたし……）

レアは自分の手にした象牙製の優美な耳かきを眺めてにっこりした。

†

引き取られたばかりの頃、レアはことあるごとにユーリに『おしごと』をねだった。

こんなによくしてもらっているのだから少しでも恩返しがしたい。

アンナやメイジー夫人のように働きたいと言うと、ふたりともユーリと同じような困り顔になって「そんなことはしなくていいんですよ」と繰り返す一方だった。

料理番のジューンの『働かざる者、食うべからず』という言葉は、レアに向けられたものではなかったにもかかわらず、何故だか頭にしっかりと刻み込まれた。

幼いレアの論理では、『美味《おい》しいごはんを毎日食べさせてもらっている→働くべき』という図式がすっかり出来上がってしまったのだ。『旦那様』と呼ぶのを厳禁されても、どうしても働きたくて、繰り返しお願いした。

それもまた今思えば子どもっぽいわがままだったのだが、当時はとにかく必死だったのだ。ねだり倒された挙げ句、困り果てた顔つきでユーリはこんなことを言った。

「俺には家族がいない。だから、レアが家族になってくれるとすごく嬉しいな」

兄がひとりいたが、ユーリが士官学校に入ってまもなく狩猟中の落馬が原因で事故死した。跡取りとなったユーリは卒業と同時に少尉として近衛隊に配属され、名誉なことだと両親はとても喜んでくれた。

帝都キロンに革命の予兆が漂いだした頃、領地にいた両親は流行《はや》り病で相次いで亡くなった。父は領民に慕われていたため動乱が起こる気配はなく、領地のことは管理人に任せてユーリはすぐに首都に戻った。

親類縁者はかなり遠い関係の者だけで、ほとんど付き合いはない。ユーリは天涯孤独も同然の境遇となった。

家族になってほしいと言われ、当然レアはすごく嬉しかった。

自分にも家族はない。いや、いるのかもしれないが、記憶がなくてはいないも同然だ。

こくりとレアは頷いた。

「わかりました。……でも、やっぱりおしごとは、ほしいです。ユーリのやくにたちたいの」

「妹じゃだめなのか？」

「だめじゃないけど……。なにかじぶんにもできること、したい……」

うーん、と眉間にしわを寄せてユーリは唸《うな》る。

難しい顔で耳の穴に小指を入れてぐりぐりしているのを見て、レアは首を傾《かし》げた。

「ユーリ。おみみがかゆいのですか？」

「ん？　ああ、いや。癖なんだ。考え事をしていると、つい。イリヤにはやめろと言われてるんだが」

レアは銀髪に灰色の目をしたユーリの副官の顔を思い浮かべた。彼もレアにとても優しくて親切だ。ますます報いなければという気分になる。

「かゆいときはいってください。レアがかいてあげます」

「いや……」

苦笑した彼は、ふと思いついたように瞬《まばた》きした。

「ああ、そうだ。だったらレアには耳かきをしてもらおう。それがレアの『仕事』だ」

「おしごと……！」

ぱぁっと顔を輝かせるレアに、ユーリは真面目くさった顔で頷いた。

「重要な仕事だぞ？　人に耳かきをしてもらっているときは完全に無防備になる。大事な頭を預けるわけだからな」

　ますます気持ちが高揚し、レアは小鼻をふくらませて身を乗り出した。

「やります！　ユーリのおみみ、いっしょうけんめいかきます！」

「レアにできるかな？　注意深く丁寧にやらなければならないぞ。うっかり耳かき棒を突き刺されたら死ぬかもしれない」

「そんなことしません！　うーんとていねいにやります！」

　やっぱりやめたなどと言われないよう必死に訴える。ユーリはにっこりと頷いた。

「よし。それではレアを俺の専属耳かき係に任命する」

「はいっ。おおせつかりました！」

　満面の笑みを浮かべてレアは大きく頷いた。

「俺の耳だけかけばいい。他の者に対してはやらなくてよろしい。……いや、やってはいけない」

「かしこまりました！」

　喜び勇んでレアは叫んだ。重要な仕事を任されたことが嬉しくてたまらない。

「レアはユーリのおみみだけをいっしょうけんめい、ていねいにかきます！　――あ。じぶんのみみはかいていいんでしょうか」

「あたりまえだ」

呆れたように返したユーリはホッとするレアに悪戯っぽく微笑んだ。

「それとも、お返しに俺がかいてやろうか」

「えっ……。あ……、け、けっこうです。おしごとですから、おかえしはいりません」

「そうか……」

心なしか、がっかりしたようなユーリの顔を見て、レアは断ったことをちょっと後悔したのだった。


とはいえユーリに耳をかいてもらうこともたまにはあった。だんだん気恥ずかしさを覚えるようになり、辞退して自分でかくことにしたが、ユーリの耳かきは以来ずっとレアの『おしごと』だ。

ほぼ毎日のようにかいているため、耳垢の溜まる暇もない。最初からそれは耳掃除よりも日々の語らいという面が大きかった。

ユーリの耳かきをしながらとりとめもないお喋《しゃべ》りをするのは楽しい。

うんうんとユーリは聞いてくれる。疲れていると寝落ちてしまうこともあるが、そんなときレアは彼の髪を撫でながら幸せに浸った。

成長して、この『仕事』に不満を覚えた時期もある。ぐずる子どもをなだめるために与えただけなのでは、と。

だが、朝早くから夜遅くまで精力的に政務に打ち込む生真面目なユーリの姿を見ているうちに、そんな不満は消えていった。

一日の終わり、多忙を極めた皇帝の頭を膝に載せ、優しく癒《いや》してさしあげるのが自分の大切な仕事なのだ。

それはレアだけに許された特別なお役目。『みんなのもの』である皇帝《ユーリ》をわずかな時間とはいえ独占できるのだから、贅沢の極みではないか。

†

(やっぱりわたしは幸運だわ……)

「……陛下」

「んー？」

「わたし、ずっと陛下の耳かき係でいたいです」

ユーリはやわらかに含み笑った。

「そうしてくれ」

「耳かき棒くらいに小さく変身できたらいいのに……。そうしたら、どこへ付いていっても邪魔になりませんよね」

溜息をつくとユーリは広い肩を揺らして笑いだした。

「レアを邪魔に思ったことなどないよ。心配しなくても今度長く留守するときは一緒に連れていく。帝都《キロン》ではあまり外に出られなくて不満だろうしな」

「そんなことないですけど」

状況が落ち着いた今でもレアはほとんど外出しない。ユーリに引き取られてからの数年間、引きこもって暮らしていたので慣れてしまったのだろう。

住居がカッシーニ家の屋敷から宮殿に移ってからも、レアはごく限られた範囲で、気心の知れた召使にかしずかれて暮らしていた。

ユーリがお忍びで首都の視察に出る際、レアを伴うこともときどきあった。

そんなときレアは馬車の窓から熱心に街の様子を眺める。次第に街並みが整っていくことを実感し、これもユーリの功績なのだと思えばすごく誇らしい。

だが、馬車から降りることはまれだった。たまに町の教会でお祈りをしたり、菓子店に立ち寄ったりすることがあっても、そういうときは必ず頭部をすっぽりとヴェールで覆わなければならなかった。

はっきり言われたことはないが、ユーリはレアを人目に晒《さら》したくないらしい。

お忍びとはいえどこで誰に見られているかわからない。レアのような身元不明の人間が皇帝の側にいては怪しまれてしまう。

迷惑をかけたくないので顔を隠すのはかまわなかった。ユーリと一緒に出かけられるだけで嬉しいし、満足だから。

「腹の探り合いに明け暮れていなければ、いいところだったな」

「え？　――あ、会議が開かれた土地ですね」

それは風光明媚《ふうこうめいび》な保養地として有名な場所で、小さな公国にある。永世中立を謳《うた》っているため、聖俗問わず国際的な会合がよく開かれるのだ。

「そのうち本当の保養に行こう。小さな城をひとつ借り切って、のんびり過ごすんだ」

「すてき！」

旅行案内の挿絵を思い浮かべてレアは深紅色《ワインレッド》の瞳をキラキラと輝かせた。ユーリの不在中、毎日その本を眺めては想像をふくらませていたのですっかり頭に入っている。

宮殿での暮らしに不満はないが、ユーリと一緒に美しい山並みを眺めたり、湖でボート遊びをしたらどんなに楽しいだろう。

（ピクニックもしてみたいわ。バスケットに美味しいお料理とワインを詰めて……。涼しい木陰で陛下の耳かきをしてあげるの）

ああ、なんてすてきなのかしら……！

片手で象牙の耳かき棒を握りしめ、もう片方の手を紅潮する頬に添えてうっとりと溜息を洩《も》らすと、ノックの音がしてメイジー夫人が顔を出した。

「陛下。お食事の用意が整いましたが、いかがなさいますか」

身を起こしたユーリは髪を掻き上げながら頷いた。

「ああ、今行く。──レア、おまえもどうだ？　いつもより少し早いが」

「はい！　ご一緒させていただきます」

にっこり頷くレアの頬を機嫌よく撫で、着替えのためにユーリは隣の部屋へ入っていった。

「レア様もお召し替えを」

アンナに促されてレアも自室へ一旦戻った。

ユーリに拾われたときから身の回りの世話をしてくれているアンナも、今では二十代後半。カッシーニ家の家政婦から宮殿の女官長になったメイジー夫人の右腕だ。レアの世話は未だに彼女が率先して行なっている。

レアはディナードレスに着替え、小晩餐《ばんさん》室へ向かった。

会食の予定がなければユーリはここでレアと一緒に夕食を摂る。一応、何人かで会食できるよう長テーブルになっているのだが、大抵は話がしやすいように角に座る。

ここに招かれる客はほとんどいない。たまにイリヤが顔を出すくらいだ。

夕食を摂りながら、会議に集まった人々や地元領主が開いた歓迎レセプションの話などを聞かせてもらった。

舞踏会で女王と踊ったと聞いて少し妬《や》けたが、よく聞けば女王は御年六十の『食えないバアさん』とのことだった。

会議の参加者は全員『煮ても焼いても食えない』人間ばかりだそうだ。

きっとものすごく固いのね、と感心しながらレアは熱心に話に聞き入った。

そんな人々に取り囲まれてあれこれ言われては、さぞかし疲れたことだろう。そのようなときこそ寝る前に耳かきしてあげたかった……とレアは無念の溜息を洩らしたのだった。


それから数日後。レアはひとりで宮殿の奥にある薔薇園《ばらえん》を散歩していた。先日の初雪は降ったというより舞った程度で、今日は晴れ間も覗き、風もなく穏やかだ。

ボイゼル朝の皇帝たちが何代にもわたって増築を重ねてきた宮殿は壮麗広大なものだったが、革命軍に放火され、皇帝一家の居館部分を中心に三分の一が焼け落ちてしまった。

公務で使う部分はおおむね無事だったので、新たな皇帝として宮殿に入ったユーリはその部分はそのまま使い、焼け跡に近い一角を居住区とした。

レアが暮らしているのは公邸部分からもっとも離れた翼棟《よくとう》で、宮殿の廃墟《はいきょ》のすぐ隣だ。

ユーリは建物を再建することはせず、焼け跡に糸杉や薔薇を植えて静かな庭園を作らせた。

出入り口には門が作られ、鍵がなければ入れない。

鍵を持っているのは専属の庭師と皇帝、そしてレアの三人だけだ。

ひとりになりたいとき、考え事をしたいとき、ただなんとなくぼーっとしたいときなど、レアはよくここへ来る。

庭師はもともとユーリの屋敷の庭を管理していた老人で、薔薇作りの名人だ。屋敷の庭は息子に任せ、今ではこの閉ざされた庭の管理をのんびり行なっている。

四季咲きの薔薇は秋まで美しい姿と香りで楽しませてくれたが、今はもう冬ごもりに入っている。庭師の姿は見えない。どこかで作業をしているのだろう。

焼け残った壁は崩れてこないようにしっかりと補強されている。レアがひとりでぶらぶらしても危なくないように、とのユーリの配慮だ。

彼がなぜここの鍵をくれたのかはわからない。

外に出られないのを可哀相《かわいそう》に思ったのだろうか。

閉じ込められているとは思わないし、不満もないけれど、それもこんなに広い庭を自由に歩くことができるからなのかもしれなかった。

レアがカッシーニ家の町屋敷から宮殿に移ってきてまもなく、十一歳の誕生日にもらったのがこの庭の鍵だ。ユーリは毎年レアの誕生日——レアが彼に拾われた日——にプレゼントをくれる。どれも素敵だが、ことのほか気に入っているのがこの庭と象牙の耳かき棒だ。

(——そういえば、この庭で陛下の耳かきをしたことないわ)

ふと思い出してレアは首を傾げた。

綺麗《きれい》に整備させておきながら、ユーリはこの庭があまり好きではないようで、滅多《めった》に来ない。もちろんレアが一緒に散歩しようと誘えば応じてくれるが。

何故だろうと思っていたが、革命当時のことを知ればなんとなく納得できた。

ユーリは前の皇帝一家の警備を担当していた。にもかかわらず革命軍に身を投じ、ついには新たな皇帝となった。昔気質《むかしかたぎ》の貴族からは未だに裏切り者呼ばわりされているとも聞く。

(いろいろと複雑なのね)

おとなって大変、とレアは溜息をついた。

十八になったレアも世間一般の基準ではとっくにおとなの部類なのだが、ユーリに庇護《ひご》され、乳母日傘《おんばひがさ》も同然に育ったレアにはいまひとつ自覚がない。

レアはベンチに座って庭を眺めた。薔薇もいいけど、チューリップも植えてみたいな……などと春の庭の夢想にしばし耽る。

気がつくと雲が広がって陽射《ひざ》しが弱まっていた。くしゅ、と小さくくしゃみをして、レアは肩にかけていたストールをしっかりと首に巻き付けて立ち上がった。

庭師には結局行き会わないまま、レアは庭を離れた。

翼棟に戻ると若い女官たちが廊下で立ち話をしているのが見えた。

きゃあきゃあと頬を染めて騒いでいる。

同年代の友人がいないレアは、仲間に入れてもらえないかしらと無邪気に近づいていった。

「こんにちは。なんのお話？」

にこにこと尋ねると、女官たちは驚いた顔で腰をかがめた。

「レア様！　す、すみません。さぼっていたわけでは……」

「いいのよ、そんなの。ただ、楽しそうにお喋りしてるから何かしらと思って」

女官たちは気まずそうに顔を見合わせたが、なかのひとりがちょっと意地悪な笑みを浮かべてこんなことを言った。

「そうだわ、レア様ならご存じじゃないかしら」

「何を？」

「ちょっと！」

「いいじゃない。――実は今、宮廷はこんな噂《うわさ》で持ちきりなんですよ。皇帝陛下が近々結婚なさるって」

「えっ……⁉」

「陛下のお気に入りのレア様なら、当然ご存じですよね」

レアと同い年くらいの勝気そうな女官は、挑みかかるような笑みを浮かべて続けた。

「なんでもお相手はこの前の会議のレセプションで出会った姫君だとか……。どこの国の方なんですか？　レア様なら陛下からお聞きになっているでしょう？」

「さ……、さぁ……？」

うろたえて口ごもると、女官はさらに嵩《かさ》にかかってまくしたてた。

「あぁら、ご存じないんですか？　いつも陛下にべったりくっついているのに。ま、当然かしら。いくらお気に入りでも、国の大事をペットに話すわけありませんものねぇ」

「ペット……!?」

「よしなさいよ、もうっ。――レア様、失礼いたします」

別の女官が焦った顔に愛想笑いを浮かべ、まだ厭味《いやみ》を言い足りなそうな同僚を引きずるようにして離れていく。

廊下は反響がいいので、彼女たちが小声で言い合っているのがはっきり聞こえてきた。

「あんたね、無礼なこと言うもんじゃないわよ」

「何が無礼なの？　あの人、お姫様でもなんでもないじゃない」

「仕方ないでしょう、皇帝陛下のお気に入りなんだから」

「ふん。珍しがられてるだけよ。あの年であんな真っ白な髪をしてるひとなんて見たことない。目なんかウサギみたいだし」

「やめなさいって！　そういうのは人それぞれでしょ。悪口言ってたのが皇帝陛下のお耳に入ったらクビになるわよ」

「ふーんだ。そんなことになったら議会に訴えてやるわ。皇帝がいかに不公平な人物か――」

廊下の角を曲がって彼女たちの声が急速に遠くなる。

しょんぼりとレアは肩を落とした。アンナが可愛く結ってくれた髪にそっと触れる。

「……やっぱり変なのね」

アンナもメイジー夫人も、もちろんユーリも、レアの純白の髪がおかしいなんて口にしたことは一度もない。幼い頃、ユーリはよくレアの頭を優しく撫でてくれたし、アンナはいつも丁寧にブラッシングして可愛らしく整えてくれる。

でも、自分と同じような髪色、瞳の色をした人間に、レアは会ったことがない。多いのは金髪や栗色《くりいろ》の髪、青や茶色、灰色の瞳だ。ユーリの黒褐色の髪は少し珍しいが、他にいないわけではない。だが、レアのような純白の髪に深紅色《ワインレッド》の瞳は鏡のなか以外見たことがなかった。

（ううん！　容姿のことなんかどうでもいいわ）

変だったとしてもユーリが可愛いと思ってくれれば充分だし、可愛いと言われた記憶もある。

（問題は陛下の結婚よ）

そんな話、聞いたこともない。まったく寝耳に水だ。

結婚自体はいい。ユーリはザトゥルーネ帝国の皇帝なのだし、そうでなくても由緒正しい伯爵家の当主だ。結婚するのは当然というか、義務だろう。

しかし、それを何故、ろくに付き合いもないような女官たちから聞かされなければならないのか。しかもあんな厭味たっぷりに……。

肩を落としてとぼとぼと居室へ戻ると、出迎えたアンナが眉をひそめた。

「まぁ、どうなさいました？　悄気《しょげ》た顔をなさって」

「なんでもないわ。外にいたから少し冷えただけ」

「お気をつけなさいませ。今の時季は晴れていても急に曇って北風が吹きますから、油断していると風邪をひいてしまいます」

アンナはレアの額に手を当てて頷いた。

「蜂蜜入りのホットミルクをさしあげましょう。さぁ、暖炉の側に」

レアはおとなしく従い、暖炉の前の小さなソファでほんのり甘いホットミルクを飲んだ。

「……ねぇ、アンナ」

「はい？」

脇のほうで繕い物をしていたアンナが顔を上げる。

「あのね――」

陛下が結婚するって本当？　と訊《き》こうとして、きゅっと唇の裏を噛む。もしもアンナが知っていたら。実はみんな知っていて、知らないのは自分だけだとしたら。

（おかしくはないわ）

アンナもメイジー夫人も、侍従長のニクラウスも従者のミヒェルも、ユーリとの付き合いはレアよりずっと長い。参謀長官のイリヤも彼の副官だったのだから当然知っているはず。

なんだか自分だけのけ者にされているような気がしてレアは落ち込んだ。

「レア様？」

怪訝そうにアンナが声をかける。

「――いいの。なんでもないわ」

切り口上で返して頑《かたく》なに暖炉の炎を見つめるレアを、アンナは心配そうに見守っていたが、やがて様子を窺《うかが》いながらおずおずと言い出した。

「あの、レア様。しばらくあのお庭に行くのはおやめになっては」

面食らってレアは振り向いた。

「お庭？　どうして？」

「もう冬枯れで花も咲いていませんし……、吹きさらしの戸外にいては寒うございますから」

「お花はなくても、すっと伸びた糸杉の形が綺麗なのよ。あれを眺めているのが好きなの」

曖昧にアンナは微笑んだ。

「さようでございますか。ではせめて、お外に出られますときは何か羽織るものを必ずお持ちになってくださいませ」

「わかったわ」

訝《いぶか》しみながらもレアは素直に頷いた。庭でボーッとしていて調子を崩したと思われたのかもしれない。

確かにちょっと寒かった。身体ではなく、心のどこかが。

「――ずいぶんとご機嫌斜めだな」

傍らに腰掛けたユーリが苦笑して顔を覗《のぞ》き込《こ》む。

レアは膝に載せたクッションの両端を掴み、つーんとそっぽを向いた。

「別にっ、普通です！」

「全然普通じゃないぞ。不満があるならきちんと言いなさい。でないとわからない」

穏やかに諭され、レアはしゅんと肩を落とした。

「……聞いたんです」

「何を？」

「陛下が結婚されるって」

怜悧な水色の瞳が、唖然《あぜん》と見開かれる。

「結婚？　俺が？」

「そうですよ」

「誰と？」

「会議で出会ったどこかの姫君と」

「誰のことだ……？」

眉間にしわを寄せて考え込むユーリを、レアはキッと睨《にら》んだ。

「誰なんですか⁉」

「知らないよ。身に覚えがない」

「そんなこと言って！　舞踏会で『食えないバアさん』以外の女性ともいーっぱい踊ったんじゃないんですか」

「そりゃ……。ああ、そういうことか」

うんざりと顔をしかめるユーリに、レアはますます眉を吊《つ》り上げた。

「身に覚えあるんですね⁉　陛下の嘘《うそ》つきー！」

「確かに何人かの女性と踊ったが、顔も名前もうろ覚えだ。単なる付き合いだよ。舞踏会では少なくとも何人かと踊らなければマナー違反になるからやむなく」

「それだけで結婚するなんて話にはならないと思います！」

ぷーっと頬をふくらませるレアをしげしげ眺め、ユーリはニヤリとした。

「ふーん……。俺に結婚されると困るのか」

「別に困りませんよっ。結婚するなら最初に陛下の口から聞きたかっただけです！」

ユーリは片手で顔を覆い、呻《うめ》いた。

「即答か……！」

「？　だって、皇帝陛下がお妃《きさき》を迎えるのは当然でしょう？　それくらい、いくら馬鹿でも知ってます」

「レアは馬鹿じゃない。誰だ、そんなことを言った奴は。左遷《とば》してやる」

大真面目に言われてレアは慌てた。

「誰も言ってません！　ただの自虐です」

「そんな不毛なことはやめなさい」

「……はい」

真顔で諭《さと》され、レアは小さくなって頷いた。ユーリは溜息をついた。

「うっかり者の早とちりだ。気にするな」

それでもどこかの王女様と踊ったのは本当のはず。きっと綺麗なお姫様だったに違いない。

ユーリと並んでも遜色ない、金髪で青い目をした、すらりとした美人……。

「今日は俺が耳かきしてやろう」

クッションを取り上げられてレアは我に返った。

「あっ、わたしがやります……」

「いいから」

肩を抱き寄せられ、ユーリの膝の上に頭を載せられてしまう。

「ほら、耳かきを出せ」

仕方なくコルセットの胸元から細長いケースを取り出した。

象牙の耳かき棒を受け取りながらユーリは苦笑した。

「いつも胸元に耳かきを入れてるのか?」

「だって、冷たかったらいやでしょう? この耳かき、篦《へら》が黄金《きん》でできてるから……」

それまでは木製の耳かきを使っていたのだが、だいぶ傷んで新しくしなくちゃと思っていた矢先、『誕生日のプレゼントは何がいい?』と訊かれ、『耳かき棒』をリクエストした。

後日、象牙と黄金で作られ、宝石が散りばめられた耳かき棒を贈られてびっくりした。しかも予備を含めて二本もだ。

くすりとユーリは笑った。

「レアは優しいな」

そっと耳孔に黄金の篦が触れ、レアは肩をすぼめた。

(……優しいのは陛下よ)

素性も知れない自分を家族にしてくれた。大事なお役目を与えてくれた。

「陛下」

「んー?」

「結婚されても、わたしに陛下の耳かきをさせてくれますか?」

「もちろん。俺の耳かき係はレアだからな」

「一生……?」

「レアが望むなら、一生」

「望みます！」

思わず叫んでぎゅっと膝を掴んでしまう。ぽんぽんとなだめるようにユーリが肩を撫でた。

「大丈夫、心配するな」

こくんと頷き、彼の膝にしがみついた。

嬉しいのに不安が消えない。

ユーリは許しても、彼のお妃が許してくれるかどうかわからないもの……。

ずっとこのままでいられたらいいのに。

ふたりだけの優しい世界に、鍵をかけて閉じこもっていられたら——。

あのお庭みたいに。

でも、気付いてしまった。ずっとこのままでいられるわけがないという、あたりまえで残酷な現実に。

他の人が入ってきたとたんに壊れてしまう、しゃぼん玉のように儚《はかな》く脆《もろ》い世界で自分がまどろんでいたことに。

第二章　妄想舞踏会

自分の膝で寝入ってしまったレアの無邪気な横顔を、少し苦い笑みをたたえてユーリは見下ろした。

本当に大きくなったものだ。

抱き上げればすっぽりと懐に収まってしまうくらい小さかったのに、今や手足はすんなりと伸び、胸元も丸みをおびて女性らしい体つきになった。

大事にしすぎたせいか、やや言動に無邪気すぎるきらいはあるが、素直で愛らしい姫君だ。

……そう。彼女は知らない。自分が正真正銘の『皇女《こうじょ》』であることを。

完全に忘れ去り、未だ思い出す気配はない。

そのほうがいいのだと自分に言い聞かせるたび、本当にそうだろうかと迷う。

ユーリは暗鬱な気分で十一年前のテミスの離宮を思い浮かべた。

†

今から十一年前。革命に揺れる帝都《キロン》郊外の、テミスの離宮——。

ゆっくりと開かれた大きな両開きの扉の向こうは、美しい居間《サロン》だった。

規則正しく並ぶ縦長の大きな窓からは庭園が眺められ、バルコニーから庭へ降りることもできる。艶《つや》やかな飴色《あめいろ》が美しい楕円形《だえんけい》のテーブル。優美な猫脚の長椅子……。

居心地よく整えられたその部屋に、むせ返るほどの血臭が立ち込めていた。

その原因は床に転がる四人の人間。全員がどす黒い血反吐《ちへど》を吐き、首や胸元を鮮血に染めて倒れ臥《ふ》したままぴくりともしない。

四つの屍体《したい》に取り囲まれるように、幼い少女がうずくまっていた。

小さな手に、血まみれの短剣を握りしめて。

立ちすくんでいたユーリは気を取り直し、血痕を踏まないよう用心しながら少女に近づいた。

「皇女殿下」

傍らに跪《ひざまず》き、できるかぎり穏やかに呼びかける。

わずか七歳の少女は深紅色《ワインレッド》の瞳を凍りついたように瞠《みは》り、なんの反応も示さない。

結っていない純白の髪が、可愛らしいローズピンクのドレスの肩に垂れている。

その髪も、雪のように白い小さな顔も、飛び散った鮮血でむごたらしく汚れていた。

ユーリは白手袋を嵌めた手で少女の顔を優しくぬぐいながらもう一度呼びかけた。

「姫君。ディオネ様」

なんと呼んでも少女は反応しない。見開かれた深紅色《ワインレッド》の瞳は何も見ていなかった。

「――だめです、全員もう息がない」

イリヤの暗い声に振り向き、ユーリは改めて倒れている人々の顔をひとりひとり確かめた。

皇帝ロドルフォ。自慢の美しい口髭《くちひげ》を血泡で汚し、白目を剥《む》いて絶命している。

皇后アクリーナ。驕慢《きょうまん》な美貌は苦悶《くもん》でゆがみ、見る影もない。

皇太子コンラート。十五歳の病弱で癇性《かんしょう》な少年は涙の溜まった半眼を天井に向け、口端から涎《よだれ》混じりの血を垂らして事切れている。

第一皇女ヘレネ。十八歳のたおやかな皇女の顔だけは不思議と穏やかだった。苦悶の跡は明らかだが、どこかホッとしたような表情だ。

閉ざされた長い睫毛《まつげ》に涙が溜まっているのを見て、ユーリは唇を噛んだ。

憂いを含んだ彼女の蒼《あお》い瞳が開かれることは、もはや永遠にない――。

「大尉。これは心中……なのでしょうか……?」

「……心中などする御方《おかた》ではないよ、皇帝陛下は。おそらく、あの司祭――ダニエル・ミュゲに騙《だま》されて、それと知らずに毒を口にしたのだろう」

「皇后様お気に入りの、あの男ですか！　うさんくさい奴だとは思っていましたが、なんと酷《ひど》いことを……」

「まだ体温が残っているから、それほど時間は経っていないな……。くそっ、もう少し早く来ていれば……！」

「私たちだって監視されていたんですよ。これが精一杯です」

副官の言葉に、ユーリは唇を噛んだ。

後悔よりも、まずはやらねばならないことがある。

ユーリは人形のように固まっている幼い皇女に向き直り、短剣を握りしめた小さな拳を優しく両手で包んだ。

「ディオネ様。こんなものを持っていては危ない。どうぞこのユーリにお預けください」

ぴくりと目許《めもと》が動く。

「……ユー……リ……？」

「はい。ユーリ・クリスティアン・カッシーニ大尉です。姫様の瞳によく似た紅《あか》い薔薇を、また差し上げましょう。このような無粋なものを握りしめていては薔薇が持てません」

ガラスのようだった瞳がかすかに揺れた。

「薔薇……。ユーリのおうちの薔薇ね……？　きれいで……すごくいい香りの……」

「そうですよ。さぁ、これは私に」

固まっていた関節がぎくしゃくとゆるむ。すかさず短剣を取り上げ、副官が広げたハンカチの上に置く。イリヤは血染めの短剣を丁寧にハンカチでくるんだ。

「大尉。早くここを離れましょう。もうすぐ強硬派の連中が押し寄せてきます」

「……やむを得んな」

苦々しげにユーリは頷いた。革命軍に加わりはしてもユーリはあくまで穏健派だ。皇帝自ら退位を宣言し、議会に権力を委譲してもらいたいと願っていた。

現在の革命軍はほとんどが強硬派に与《くみ》しており、皇帝一家を捕らえて投獄し、裁判にかけると息巻いている。

穏健派で皇帝一家とも親しかった貴族軍人のユーリは革命軍の主導者から疑いの目で見られ、監視されていた。それをどうにか抜け出して説得に来たのだが一足遅かった。

宮殿に向かった強硬派も、皇帝一家がすでに宮殿を抜け出していたことに気付いてこちらへ向かっているはずだ。

「奴らと鉢合わせるのはまずい。大尉を煙たがっている連中がどんな因縁をつけてくるかわかりません。それに、唯一生き残った皇女が強硬派に捕らわれたらどうなるか」

「そんなことはさせない」

ギリッと歯噛《はが》みをして言い切るとユーリは幼い皇女に微笑みかけた。

「ディオネ様。これから私の屋敷へお連れします。何も心配されることはありません」

そう言って彼はマントを外し、小さな身体を包み込んだ。皇女は抵抗することも声を上げることもなく、おとなしく抱き上げられた。

「そこから出よう」

ユーリはバルコニーへ続く両開きのガラス扉を顎で示した。馬は厩舎《きゅうしゃ》の裏に繋《つな》いできたから、来たときとは別の道を通って帝都に戻れる。自分の屋敷にたどり着ければ、小さな子どもをひとり隠すくらいわけはない。

ふたりは四人の亡骸に短い黙祷《もくとう》を捧げ、急いで離宮を後にした。

†

皇帝一家はディオネ以外全員すでに事切れていた。

吐血していたので毒を飲んでいたのは明らかだが、刃物による刺し傷も全員にあった。死因が毒だったのか、それとも刺し傷からの出血が命取りになったのか、あの場では判断がつかなかった。

ディオネは血まみれの短剣を握りしめてはいたが、彼女が刺したのか、誰かの死体から引き抜いただけなのかも定かではない。

一番怪しいのは皇帝一家に取り入っていた宮廷司祭のダニエル・ミュゲだが、彼はあの事件を境に完全に消えてしまった。

その後の調査でも行方はわからない。容疑は濃厚でも、彼が犯人だという確証はない。

あのときはじっくり検証している暇などなく、亡骸を『発見』した革命軍は、皇帝一家は服毒心中したと発表してそそくさと埋葬してしまった。

消えた第二皇女については一切触れられていない。『全員死亡』という公式発表が、そのまま『事実』となっている。

離宮を脱したユーリはイリヤとともにひそかに森を抜け、自宅へディオネを連れ帰った。

自宅は監視されていたが、革命軍が主の消えた宮殿に火を放ったため、監視役も昂奮《こうふん》した市民たちとともに街を離れていた。

抜け出すときと同様、屋敷に入るときも用心はしたが、監視役は誰もユーリの外出に気付かなかった。後になってこれはユーリが宮殿の放火騒ぎに加わっていないという恰好のアリバイとなった。

使用人はすでに領地出身の信用のおける者だけに絞っていたが、念のため皇女の素性を知らせるのはごく少数に絞り、混乱した街でうっかり馬にひっかけてしまったので手当てのために連れてきたということにした。

屋敷に着いたとき、ディオネは意識を失っていた。外傷はなかったものの、それから数日昏々《こんこん》と眠り続けた。

彼女も毒を飲んでいたのだろうかとやきもきするうちに目を覚まし、ホッとしたのもつかのま、何を言われても無反応なことに焦った。

目の前で手を振っても瞬きしない。ショックで視覚や聴覚に異常を来したのだろうか。

やがて少しずつ反応を示すようになって安堵したが、記憶をすっかり失っていることが判明した。自分が皇女であることも、ディオネという名前も、何歳なのかも覚えていない。

当然、事件の経緯も犯人も解明不可能になった。

彼女の処遇については散々悩んだ末、街で拾ったという言い訳をそのまま用いることにした。皇女であることを知っているのは現場に居合わせたイリヤを除けば執事と家政婦、世話を任せたアンナだけだ。今もそれは変わらない。

新たに『レア』という名前を与え、大切に慈《いつく》しんだ。妹のように可愛がった。いずれは記憶を取り戻し、皇女に返り咲くこともあろうかと、できるだけの教養と教育を与えた。

思いがけなく皇帝に推挙されたときにはひどく迷った。

前王朝の唯一の生き残りであるディオネは皇位継承権を持つ最後のひとりだ。彼女の身分を明らかにして、ボイゼル朝を存続させるべきではないか。

しかしこれにはイリヤが反対した。

公式には皇帝一家は全員死んだことになっており、記憶を失ったディオネには本人であることを証明できない。

第二皇女ディオネはまだ幼いこともあって人前に出たことがほとんどなかった。珍しい純白の髪と深紅色《ワインレッド》の瞳を持って生まれた次女を、両親は人目に晒したがらなかったのだ。

家族と限られた使用人以外でディオネを知っているのは近衛隊の警護責任者だけだ。

使用人は逃亡したり暴動に巻き込まれて死んでしまった。ユーリの前任者も同様に亡くなっている。

彼女がディオネ皇女だとはっきり断言できるのはユーリと副官のイリヤくらいだ。都合よく偽者を仕立てたのではないかと疑われても反証のすべはない。

そんなことをすれば、かえって議会の心証が悪くなるとイリヤは心配した。

たとえ記憶を失っていなくても、幼いディオネが帝位に就くには摂政が必要だ。本物と認められれば今度は政争に巻き込まれる。

イリヤの主張を全面的に受け入れたわけではないが、確かに一理あると認めざるをえなかった。ディオネは家族の死を目の当たりにしたショックで記憶をなくしたのだ。

ようやく『レア』としての生活になじみ、無邪気にユーリを慕っている。そんな彼女を今さら突き放すなどどうしてできようか。

ディオネ皇女は以前からユーリに懐《なつ》いていた。内気で人見知りの皇女は世話係のスカートに半ば隠れながら、はにかんだ笑みを見せた。

中庭の植え込みの陰にうずくまって泣いている彼女をあやしたこともある。白い髪や深紅色《ワインレッド》の瞳を母親に詰《なじ》られたと泣いていた。

『殿下のお髪《ぐし》はとても綺麗ですよ。まるで初雪のようです』

そう言うと一瞬ぽかんとしたディオネはパッと笑顔になった。雲間から覗く陽射しのように。

『初雪の姫君。どうぞお受け取りください』

彼女の瞳によく似た色合いの薔薇を持ってきて差し出すと、たいそう喜んでくれた。

見よう見まねで貴婦人の礼をして、受け取った薔薇を握りしめてにっこりと笑った笑顔はとても可愛かった。

『どうしてそういうことが、妙齢のご令嬢相手にできないんでしょうかねぇ……』

イリヤは呆れていたものだ。

（……いつのまにか、レアも『妙齢』だな）

やわらかな曲線を描く彼女の体つきに、落ち着かないものを覚え始めて数年になる。膝に頭を載せて見上げると、胸のふくらみがやたら目につくようになって、目のやり場に困った。

そろそろ『耳かき係』はおしまいにしようか……とそれとなく言ってみると、深紅色《ワインレッド》のぱっちりした瞳がみるみる潤んで嗚咽《おえつ》を洩らし始めたものだから、慌てて取り消した。

自制自制と言い聞かせ続けたおかげで、生来の無表情に拍車がかかってしまった。

皇帝としては好都合じゃないですかと笑いをこらえながらまじめくさった顔で言うイリヤを蹴飛ばしてやろうかと、何度爪先を震わせたかしれない。

（ほんの冗談のつもりだったのにな……）

耳かき係なんてイヤ！　と撥《は》ねつけられるとばかり思ったのに、嬉々としてレアはその馬鹿げた提案に飛びついた。記憶をなくした影響か、精神年齢が後退してしまったようで、レアは三歳児のようにあどけなかった。

いたわしさに柄にもなくほろりとしてしまい、彼女が喜ぶなら、と『耳かき係』に任命した。ままごとに付き合うような感覚だったかもしれない。

それがまさか、十一年も続くとは——。

邪心のかけらもなく、嬉しそうに耳かきに励むレアを見るにつけ、首から肩への優美な曲線や、陶器のようにすべすべした頬、甘いベリーを思わせるやわらかそうな唇に見とれている自分が邪淫の権化のように思えてくる。

父親か兄のような気持ちで接していたはずなのに、いつからこんな体たらくになってしまったのか……。まったく情けない。

そんなことをつらつら考えるうちに、気がつけば薄く開いた彼女の唇を指でたどっていて、ユーリはぎくりとした。

サクランボのようにつやつやした唇はやわらかく、しっとりした手触りだ。口にふくんで思うさま舐《な》め転がしたい衝動で鼓動が速まる。

ユーリは己の欲望から懸命に目をそむけ、レアを抱いて立ち上がった。

「ん……、陛下……？」

こしこしと目をこすりながらレアが寝ぼけた呟きを洩らす。ユーリは優しく言い聞かせた。

「もう寝なさい」

「んゃ……、まだ踊るの……」

舞踏会の夢でも見ていたのか、レアは子どものようにぐずる。

「陛下と……もっと、踊りたぃ……」

「明日また踊ってあげるから」

「ほんと……?」

「ああ」

くふんとレアは笑った。

「約束……よ……」

すーっと寝息がこぼれる。ユーリは幸せそうなレアの寝顔に苦笑した。

(まったく、無邪気なお姫様だ)

人の気も知らないで。

こんなにも無垢《むく》な彼女に欲望を抱くなんてどうかしてる。

十五歳も年上なのだ。自制しなければ。

レアをベッドに寝かせて上掛けで覆ってやりながら、ユーリは溜息をついた。

(本当に、そろそろ結婚すべきかもしれないな……)

距離を取らないとまずい。

結婚を考えたことは、なくもなかった。家臣団からたびたび進言されてもいる。

だが、相手をどうしようかと考えるたびに耳かき棒を握ってニコニコしているレアが思い浮かび、いつまでも埒《らち》はあかないのだった。

四柱式の豪華な寝台の上に起き上がり、あくびをしながらレアは周りを見回した。薄布の帳《とばり》越しに見えるのは見慣れた自室の光景だ。

（いつベッドに入ったんだっけ……?）

全然記憶がない。ユーリに耳かきしてもらっているうちに寝落ちてしまったらしい。

（またやっちゃった……）

レアは溜息をついた。皇帝陛下に耳かきさせた上に寝室まで運ばせてしまうとは。

ユーリの部屋は同じ階にあるが、ほとんど端と端なのでけっこう遠いのだ。

（神様に告解しなくちゃ）

朝のひとときが一段落すると、さっそくレアは宮殿に併設された礼拝堂へ向かった。

居住区から出るときには頭部全体が隠れるくらいのヘッドピースを付けるよう、メイジー夫人に言われている。裁縫の得意なアンナが可愛いレースやリボンで飾ったヘッドピースをいくつも作ってくれた。

襟の詰まった白地に紺の刺繍の入ったデイドレスに合うヘッドピースをつけてもらい、侍女を従えて渡り廊下を進む。

侍女はカーヤといって、半年ほど前にカッシーニ家の領地からやってきた十五歳の少女だ。アンナとは従姉妹《いとこ》同士である。

皇帝のプライベート空間である居住区から出るときはいつも少し緊張する。隣接する区画には礼拝堂や閉架書庫、談話室などがあり、宮廷への伺候《しこう》を許された人間のみが立ち入れる。

その先は皇帝の執務室を始め、大小の会議場、大図書館、謁見の間、午餐《ごさん》室、大晩餐室、複数の大広間など、完全に公的なスペースだ。

そちらへはひとりでは行かないようにとユーリから言われている。

どうしても行きたければ付き添うとも言ってくれたが、そうまでして見たいわけでもない。

衛兵の立つ天井まで届きそうな大扉の向こうへ最後に出てからもう数年になる。

礼拝堂があるのは居住区に最も近い場所だ。基本的に皇族が日常の礼拝や告解をするためのものなので、そう大きくはない。公的な儀式は帝都の街中にある大聖堂で行なわれる。

礼拝堂は建物から舟の舳先《へさき》が突き出したような格好で造られており、正面と両サイドのステンドグラスから降り注ぐ光が荘厳な雰囲気を醸しだしている。

ステンドグラスは聖人や英雄が描かれたものと自然の事物が描かれたものとが交互になっていて、聖人像の前には小さな祭壇がある。自分の守護聖人に蠟燭を捧げて祈るのだ。

カーヤを後ろの席に置いてひとりで告解室へ向かうと、奥の祭壇前で祈りを捧げていたふたりの司祭が立ち上がって振り向いた。

「これはレア様」

「こんにちは、司祭様」

澄ました中年の男性は、ここの副司祭長を務めるアルトゥーロだ。隣のもっと若い司祭は見覚えがない。とまどうレアに副司祭長が如才なく微笑した。

「こちらはロサーノ司祭。このたび新たに宮廷司祭に任命されました。——こちらはレア様。皇帝陛下の、えぇ……、妹君だ」

アルトゥーロは微妙に言いよどんだが、ロサーノは気付かなかったのか、事情ありと察したのか、にっこりと笑いかけた。

「初めまして、レア様。若輩者ですが、どうぞよろしくお願いいたします」

「こちらこそ」

気を取り直して会釈する。いつも気心の知れた人たちとばかり過ごしているせいか、レアは少し人見知りだ。カーヤとも打ち解けるのに三カ月くらいかかった。

「……あの。告解をしたいのですが、司祭長様は……？」

「それが、体調を崩して休養中なのです」

「まぁ……」

「告解は私がお聞きしましょう」

少し迷ったが、断るのも悪い気がしてレアは頷いた。

いつもお願いしている司祭長は革命前から宮殿の礼拝堂に勤めている穏やかな風貌の老人で、とりとめのないレアの告解を辛抱強く聞いてくれる。

(司祭長様がよかったんだけど……、仕方ないわ)

告解室へ入って座ると、格子戸が開いて告解を促す低い呟き声がした。どちらの側もとても暗くて、司祭の横顔も黒いシルエットにしか見えない。

慣れた相手ではないので、なかなか言葉が出てこなかった。

祖父のような老司祭には、眠りこけて皇帝陛下にベッドまで運んでもらったなどという失態も、恥ずかしくはあっても告白できたのだが、顔見知りとはいえあまり話したことのない副司祭長にはどうにも言いづらかった。

やむをえず『皇帝陛下にわがままを言ってご迷惑をかけてしまった』とだけ告げ、神のお赦《ゆる》しをいただいて告解室を出た。

出入り口近くまで来てレアは首を傾げた。一番後ろの席で待っているはずのカーヤの姿がない。トイレにでも行ったのかしら……と座って少し待つことにする。

ほどなくカーヤが慌てた風情で戻ってきた。

「すみません、レア様！　ふだんはもう少しかかるので……」

「いつもの司祭様じゃなかったのよ。なんとなく話しづらくて、すぐ出てきてしまったの。帰りましょうか」

「はい」

そそくさとカーヤはレアの後に従った。

歩きだしてまもなく、こらえきれない様子でカーヤは喋り始めた。

「レア様、ご存じですか？　近々大きな舞踏会が催されるんですって」

「……そうなの」

宮廷で舞踏会が開かれるのは別に珍しいことではない。

革命の影響で一時は途絶えたこともあったが、政情の安定とともに復活し、毎晩のように街のどこかで舞踏会が開かれていると聞く。

なんでも、帝国の復興を内外に印象づけるのには華やかな舞踏会が最適なのだそうだ。宮廷でも月に一度は帝国議会の議員たち（貴族と平民の両方）とその家族を中心に舞踏会が催されている。

ユーリは個人的には舞踏会に限らず社交行事全般があまり好きではない。そんな暇があれば読書か剣技、馬術や射撃訓練に励んだほうがよっぽどいいと思っている。

組んで踊るより取っ組み合いのほうがいいと真顔でぼやくのを聞いて、レアは噴き出してしまった。

そんな文句を垂れつつも、皇帝としての務めと割り切って顔を出すあたり、いかにも律儀なユーリらしくて大好きだ。

ただし、レアは宮廷はもちろん、どこの舞踏会にも出たことはない。

ダンスは習ったから踊れるのにユーリの許可が下りないのだ。

ちゃんと踊れることを証明したくて、出たいとねだったこともあるのだが、『だめだ』とぴしゃりと言われてしまった。

ショックで涙目になるとユーリは慌ててあれこれ言い訳し、その場でレアと何曲か踊って大変よくできましたとお墨付きをくれた。

仕方ないとは思う。自分は貴族じゃないし、特別の功績があるわけでもない。

皇帝の妹のように扱われていても実際は違うことを誰もが知っている。

親切心からとはいえ、国民から英雄と崇《あが》められている皇帝が得体の知れない娘を側に置いていては、きっと外聞が悪いのだ。

廷臣たちもレアにいい顔をしない。それもまたレアがあまり外に出たがらない要因だ。

宮廷に移ってきた頃はユーリの執務室に出入りすることもあった。

執務中のユーリを陰からこっそり覗いて、皇帝としての謹厳な顔つきにドキドキしたり、臣下との毅然とした遣《や》り取《と》りに素敵だわ……とうっとりしたり。

休憩に備えてお茶の準備をして、ユーリやイリヤと一緒に歓談した。

しかし、ある日廷臣のひとりがレアのことでユーリに苦言を呈しているのを聞いてしまい、ショックを受けて居住区へ逃げ帰った。

ユーリがなんと答えたのかは知らない。それを聞く前に逃げ出してしまったから。相手は帝国議会の平民議員のなかでも重鎮とされる人物だった。その意見を無下にはできまい。

その夜、政務を終えて戻ってきたユーリの様子はいつもと変わらなかった。立ち聞きしていたことがバレると気まずいのでレアも尋ねなかった。

ふだんどおりにユーリの耳かきをしたが、つい考え込んでしまって、どうかしたのかと質《ただ》された。なんでもないと答えるとそれ以上問われることはなかったけれど、しばらく憂鬱な気分が抜けなかった。

その議員は苦々しげな顔つきで吐き出すように言ったのだ。

『身元も知れぬ若い女を囲うなど、革命前の堕落した貴族どものような所業ですぞ！』

名指しされなくてもそれが自分を指しているのは明白だ。

そんなんじゃないのに、と悔しかった。

ユーリはレアを救ってくれた。住処《すみか》を与え、面倒を見てくれた。『家族』になってくれたのだ。そんな優しくて思いやりのあるユーリが自分のせいで非難されるなんて悲しいし、悔しくてたまらない。

大好きなユーリに迷惑をかけている。そう思うと鉛を呑んだように心が重くなった。

迷惑なのかと尋ねるのも怖い。『そんなことはない』と優しいユーリは請け合ってくれるだろう。だけど、ちらとでも彼が眉根を寄せたら？　嘘をついていると勘繰ってしまいそうだ。疑うのは厭。だから閉じこもる。美しく整えられたお庭に鍵をかけるように。心のなかで鍵を回す。カチンと想像の音を聞いてレアは安堵する。

大丈夫。優しい世界は壊れてない――。

そうやって、何度も何度もかけてきた鍵なのに。近頃妙に締まりが悪い。

ある特定の単語を聞くと、しっかりと閉めたはずの扉がとたんにがたつきだすのだ。

そう、たとえば、『結婚』とか『舞踏会』とか……。

レアの気分が一気に沈んだことには気付かず、カーヤは頬を紅潮させて続けた。

「なんでもその舞踏会で陛下のお妃が選ばれるそうですよ！」

「えっ……!?」

思わず足が止まる。主の関心を惹《ひ》けたと思ったのか、カーヤは嬉々として頷いた。

「貴族議員と平民議員それぞれが、これぞという選《よ》りすぐりの美人を国中から集めたんですって。特別ゲストとして外国のお姫様もいらっしゃるとか……」

外国のお姫様と聞いてすぐにピンと来た。会議で踊った相手に違いない。

むかむかしていると、ようやく異変に気付いたカーヤが眉を垂れた。

「すみません、お気に障りました……？」

「えっ？　いえ、そんなことないわ。どんな人が陛下のお妃になるのかしら……って考えていたの」

「英雄と讃《たた》えられる陛下のお妃ですもの、美人で聡明《そうめい》で由緒正しい家柄の貴婦人に決まってますよね！」

にこにこと言い切られ、レアは目許を引《ひ》き攣《つ》らせた。

カーヤはいい子なのだが、アンナやメイジー夫人のように細かい機微を察することはまだできなくて、時折思わぬ直撃を食らうことがある。

「そ、そうね……」

本人にまったく悪気がないことはわかっているので、どうにか笑顔で頷いた。

居住区に戻るとレアは少し頭痛がすると言って自室に引きこもった。

カーヤが淹《い》れてくれたハーブティーを飲みながら溜息をつく。

「……やっぱり結婚するんだ」

あたりまえよと何度言い聞かせても気分は吹っ切れない。

この前だって、別に一生結婚しないと言ったわけじゃない。単に会議のレセプションで踊った相手との結婚話について、誰かの早とちりだと否定しただけだ。

「わたしが美人で聡明だったら、陛下のお妃にしてもらえるのかしら」

お妃になれればずっとユーリの側にいられる……と一瞬甘い妄想に浸り、我に返ってぶんぶん首を振る。

「何言ってるの！　わたしが陛下のお妃になれるわけないでしょ」

もしも美人で聡明だったとしたって家柄で弾かれる。

平民というだけならまだしも、身元不明で記憶喪失なのだ。

（そうよ。もしかしたら犯罪者の子……という可能性だってなくはないわ）

自分の身元に関して、レアは何故だか悪いほうにばかり考えてしまう。ユーリに大事にされすぎた反動だろうか。

自分がそれに値《あたい》しない存在だったと知るくらいなら、一生記憶喪失のままでいい。

失った記憶よりもずっと多くの思い出をユーリと一緒に作ってきたのだ。もしも魔法使いが現れて、思い出と引き換えに記憶を戻してあげようと持ちかけられても絶対断る。

（陛下がずっと独身でいてくれたらいいのに……）

埒もない願いに、なんて自分勝手なのかしらとレアは落ち込んだ。


その夜、耳かきをしながらレアは思い切ってユーリに尋ねた。

「舞踏会があるんですってね」

「……ああ」

彼の返事は心なしか憂鬱そうだ。

「陛下のお妃選びをするのだとか……」

今度は長く沈黙が続き、ユーリは溜息をついた。

「そういう話に、なってるな」

「選ぶんですか？」

「……これはと思う相手がいれば」

耳かき棒を握る手がぴくりと震える。

気付かれぬよう深呼吸をしてレアは囁いた。できるだけさりげなく、なんでもないふうに。

「好みに合う人が、いるといいですね」

「……そうだな」

考え込むように呟くユーリの横顔を、泣きたい気分で見下ろした。

こちらに背を向けているユーリは、ぼんやりとあらぬところを見つめている。レセプションで出会ったどこかのお姫様を思い描いているのかもしれない。

集まった女性たちが全員『食えないバアさん』ならよかったのに――。

「――陛下。今度の舞踏会、わたしも出てはいけませんか？」

「だめだ」

即答に眉を吊り上げる。

「どうしてですか⁉　ただ陛下が踊ってるところが見たいだけなんです！　目立たないように隅っこでおとなしくしてますから……」

「だめだ。おとなしくしていてもおまえは目立つ」

「か、髪ですかっ……⁉」

夜会服では頭部全体を覆うようなヘッドピースは着けられない。肩の露出するドレスに巻き毛を垂らし、髪飾りとして花や宝石、リボンなどをあしらうのが通例だ。

「それだけじゃない」

憮然とユーリは答える。レアは肩を落とした。

「じゃあ、目のせいですね……」

深紅色《ワインレッド》の瞳。白い髪。口さがない人たちに『ウサギみたい』と言われたこともある。そのせいで、よけいに『皇帝陛下のペット』呼ばわりされてしまうこともわかっていた。

物珍しいから『囲って』、『飼って』いるのだと。

ユーリは身体の向きを変え、憤然と起き上がった。

「違うって！」

「じゃあ、なんでですか⁉　やっぱりレアのこと、恥ずかしいんですねっ」

「何を言ってるんだ⁉」

混乱するユーリを睨み、ぷいっと顔をそむける。

「もういいです。わがまま言ってごめんなさい」

立ち上がり、頭を載せるクッションを抱え込んでお辞儀をした。

「頭痛がするので今日は先に休ませていただきます。おやすみなさいませ」

ユーリの返答を待たず、さっさと自室へ引き上げた。ユーリが寝室に入るのを見届けてから
そうすべきなのはわかっていたが、これ以上側にいたら癇癪《かんしゃく》を起こしてしまいそうだ。

（中途半端だわ、わたし……）

ベッドに腰掛けてがっくりと肩を落とす。

大事な耳かき係の仕事を途中で放り出すなんて。皇帝の疲れを癒すのが役目なのに、わがままを言ってよけいに疲れさせてしまった。

妹代わりなら、彼の結婚を喜ぶべきだろうに、それすらできない。

召使でもなく家族でもない。かといって『ペット』と割り切ることもできなかった。

自分のプライドの問題以上に、そんなことを認めたらユーリの人間性を貶《おとし》めることになってしまうではないか。

ころんとベッドに転がってレアは唇を噛んだ。

「甘えちゃだめ」

声に出して自分を戒める。

ユーリには充分大事にしてもらっている。これ以上を望むのは強欲というもの。

「陛下の側に、ずっといられれば、それでいいのよ……」

呟いてレアは目を閉じた。心のなかでカチンと鍵をかけて、綺麗な庭に閉じこもる。

自分とユーリだけの優しい世界。

彼の頭を膝に載せて、空を見上げる。綺麗に澄んだ青い空。雲なんてひとつもない。

そうよ。雲なんて、どこにもないわ――。

レアが出ていき、閉じた扉をユーリは呆然《ぼうぜん》と眺めた。

まるで彼女の心が閉ざされたように感じる。

顔を覆い、暗然と彼は溜息を洩らした。

「まずったな……」

もう少しましな言いようもあっただろうに、あれでは誤解されて当然だ。

髪や瞳の色など関係ない。雪のように白い髪も、芳醇《ほうじゅん》なワインを連想させる深紅色《ワインレッド》の瞳も、とても美しいと思っている。

確かに人目に晒したくはないが、それは好奇の視線を向けられては可哀相だからで――。

(――いや、そんなのは言い訳だ)

本当は単に彼女の妖精めいた美しさを独り占めにしておきたいだけなのでは……?

後ろめたさを感じ、ユーリは憮然とかぶりを振った。

(違う！　用心のためだ)

成長するにつれ、レアは姉の第一皇女ヘレネに驚くほどよく似てきた。

(ヘレネ様は亡くなられたとき十八だったな……)

そしてレア――ディオネ皇女は今年十八になった。

ヘレネ皇女は皇帝夫妻の第一子であり、皇太子である弟のコンラートが激しやすく気難しい性格だったこともあって、代わりに社交や行事で人前に出る機会が多かった。

金髪で青い瞳をした優美な皇女は国民にも人気があった。

権高な母后のアクリーナと違って親しみやすい人柄で、街に出れば庶民にも気さくに話しかけた。皇室への反発が日ごとに強まっていることを危惧し、互いの信頼と絆《きずな》を深めなければと懸命に努力していた。

そんな皇女の健気《けなげ》な姿を覚えている者は少なくない。彼らがレアを見ればすぐに気付き、第二皇女ディオネを連想するはずだ。

しかし彼女には当時の記憶がない。

イリヤが危惧するようにユーリを疑う者も出てくるだろう。

(いや、それも言い訳か……)

ユーリは自嘲の笑みを浮かべた。

彼女を自分だけのものにしておきたい。認めたくはないがそれが本音だ。

ディオネ皇女に戻ってほしくなかった。いつまでも自分だけの可愛いレアでいてもらいたい。

己の狭量さに、ユーリは改めて苦い吐息を洩らした。


一週間後、盛大な舞踏会が宮廷の大広間で催された。白い礼装軍服に身を包んだ凛々《りり》しい皇帝の姿を、レアは物陰からそっと見送った。

いつもなら、出かける前からうんざり顔のユーリを励まそうと『お務めご苦労さまです！』と精一杯の笑顔で送り出すのに。

ユーリはレアの姿を捜すように周囲を見回し、メイジー夫人と小声で言葉を交わすと侍従を従えて出かけていった。

頃合いを計っておずおず出て行くと、メイジー夫人はホッとした顔になった。

「まぁ、どこにいらしたんですか？　陛下が心配していらっしゃいましたよ」

「ごめんなさい……。叱られちゃった？」

いいえ、とメイジー夫人は微笑んだ。

「レア様がこのところふさぎ込んでいるのを気にかけておられるのですよ。ご挨拶くらいはきちんとなさったほうがよろしいでしょうね」

やんわりとたしなめられ、レアは肩をすぼめた。

「ごめんなさい。お出迎えはちゃんとするわ」

「遅くなるかもしれないから、先に休んでよいとの仰せです」

「そう……」

しょんぼりと頷き、レアは自室へ戻った。

読書でもしようかと、本を開いてみたものの、さっぱり頭に入らない。溜息ばかりついていると、見かねた様子でアンナが言い出した。

「レア様。せっかくですから夜会服をお召しになってみませんか？　陛下が下さった夜会服、まだ着ていないものもありますよね」

正確にはどれも試着のみだ。ダンスを習わせ、素敵な夜会服を仕立ててくれても舞踏会には絶対に出さない。

（陛下ってば矛盾してる！）

それくらい、いくら馬鹿でもわかるわ――とまた自虐を始めそうになって、ふとレアは思い直した。

（どうせどこへも着ていけないドレスなんだもの。いま着たっていいわよね）

「そうね。着てみようかしら」

レアは寝室に続く衣裳《いしょう》部屋で何着もある新品のドレスを鏡の前で身体に当て、瞳の色に似たカメリア色の一枚を選んだ。

クリノリンを少し大きめのものに替え、アンナはカーヤに手伝わせてレアにドレスを着付けると、丁寧に鏝《こて》で髪を巻いてくれた。

レースの手袋にパールのブレスレット、手には小さな扇を持ち、全身が映る鏡の前に立ってレアはぱちぱちと瞬きをした。

「すてきです！　まるで妖精国の王女様みたい」

カーヤが手を叩いて賞賛する。

大げさよ、と顔を赤らめながら、そんなに悪くないわと自分でも思う。

縦ロールに巻いた髪がオフショルダーの肩にふわりとかかっている。ドレスと同じ色合いの薔薇と、ごく薄いピンクのリボン、白いレースを使った髪飾りは、アンナに教えてもらいながら自分で作ったものだ。

一瞬、このまま舞踏会場へ行ってみようかと誘惑に駆られた。

突然現れた美しいお姫様に、驚きざわめく招待客。輝くような白い礼装軍服の皇帝《ユーリ》が進み出て姫君《レア》に一礼する。

『麗しい姫君、一曲お相手願えませんか？』

優美に微笑んで、差し出された手に自分の手を預ける。

音楽。ステップ。くるくる回りながら、互いのことだけを見つめ合う――。

くす、と口の端でレアは笑った。

なんて素敵なおとぎ話。

でも現実は違う。レアが出て行けばユーリを困らせることにしかならない。居合わせた人々のしかめっ面。ひそひそ話。嘲笑。苦々しい嘆息まで聞こえてくるよう……。

「レア様？」

アンナが心配そうに声をかけた。

「お気に召しませんか？」

「いいえ、とても素敵よ。我ながら見とれてしまったの」

おどけた口調で言って、レアは鏡越しにアンナに笑いかけた。

「ねぇ、アンナ。せっかくだからダンスの練習をしたいわ。どこか空いた部屋を使ってもいいかしら」

「もちろんです！」

アンナは普段使われていないサロンを開けて椅子やテーブルを壁際に寄せ、シャンデリアに灯を燈してくれた。何本もの蠟燭が窓ガラスに反射してキラキラと輝く光景を、しばしレアは無言で眺めた。

慎《つつ》ましく控えているアンナとカーヤを振り返って頼む。

「しばらくひとりにしてもらえるかしら」

「はい……」

アンナは気がかりそうな表情で曖昧に頷いた。

「大丈夫よ。ひとりで踊ってるのを見物されても気まずいだけ」

「……わかりました」

一礼してふたりが出て行き、扉が閉まるのを見届けて、レアは部屋の真ん中に進み出た。

それほど大きな部屋ではないが、何組かで踊れるくらいの広さはある。

目の前にユーリを思い浮かべ、膝を折って優雅にお辞儀する。

カーヤの言葉を思い出してレアは微笑んだ。

そうだ、自分は妖精国の王女様ということにしよう。お忍びで人間界へ遊びに来たの。

そして紛れ込んだ宮廷の舞踏会で、誰より素敵な皇帝陛下に出会うのよ。

夢想の世界に浸ってレアは踊り、笑った。

声色を使い、一人二役の会話を交わす。

『やぁ、あなたはダンスがお上手ですね、妖精国の姫君』

『あなたも、人間にしてはとてもお上手よ、皇帝陛下。妖精国の騎士には及びませんけど』

『それは聞き捨てならないな。では、もう一曲』

空想の楽団が様々な曲を奏でる。ワルツ、ポルカ、マズルカ。どんなダンスもお手のもの。

わたしは妖精国の王女様なんだから。

幻想のユーリが懇願する。

『王女様、どうか帰らないで、ずっとここにいてください』

『嬉しいけれど、そういうわけにはいかないわ……』

『何故ですか⁉』

『だってわたし……、婚約者がいるんですもの。結婚前に、一度見てみたかった人間界に遊びに来たの。ああ、でもどうしましょう。わたし、皇帝陛下のことが好きになってしまったみたい……』

『それならどうか帰らずに、ここに留まってください。私と結婚してください！』

『まぁ、陛下……！』

すっかり現実のユーリに言われた気になって、ポッと頬を染めながら後退《あとずさ》った途端、何かに背中が突き当たる。

夢中になりすぎて壁にぶつかったのだと思って振り向くと、白いものが目に入った。

ただし、それは壁ではなく礼装軍服のユーリだったのだ。

ぽかんとしたレアは、彼が非常に困惑した面持ちでまじまじと自分を見下ろしていることに気付いて我に返った。

なんで陛下がここにいるの――⁉

（ひぃぃ――‼）

心のなかで悲鳴を上げ、反射的に逃げ出そうとするとヒールが滑ってユーリに抱き留められる。

「おい……」

「すみませんすみません、もう死にます！　死にますからっ」

もうしませんと言おうとしてパニクるあまり死にますと叫んでしまう。

「何を言ってるんだ」

「もう死にますから許してくださいーっ」

「死なんでいいから落ち着け」

真っ赤になった頬をぺちぺちと叩かれる。

できることならユーリを突き飛ばして自室に逃げ帰りたかったが、そうもいかずうなだれる。

燃えるように頬が熱く、背中は冷や汗ですぅすぅした。

「……ごめんなさい」

「別に悪いことはしていないだろう」

「勝手に陛下と踊ってるつもりでいたから……。不敬罪です」

くす……、とかすかな笑い声が頭上で聞こえ、いたたまれなさにますます肩をすぼめる。

「踊っていただけますか？　妖精国の姫君」

（……！）

一体いつから聞いてたの……⁉

カッとなって睨むと、彼は思いがけず優しい微笑を浮かべていた。

ユーリは一歩下がり、レアの手を取って唇を寄せた。

「是非に」

うやうやしく一礼される。彼の口調も仕種《しぐさ》もごく自然だった。からかわれているわけではない……らしい。

たまらない気まずさと恥ずかしさをごまかすように、レアはつんと顎をあげた。

そっちがそのつもりなら妖精国の王女様で押し通してやるわ。

「特別に踊ってさしあげますわ。人間界の皇帝陛下」

目一杯気取って答えると、ユーリは愉《たの》しそうに笑ってレアを引き寄せた。

「ありがたき幸せ」

ちょっぴりおどけた声音も、それほど気にならない。

ふわりと身体が宙に舞うような感覚に眩暈《めまい》を覚える。

無人のサロンに、ふたりの靴音だけが響く。音楽もなければ観客もいないのに、華やかなワルツの調べや人々の感嘆の声が聞こえる気がした。

「姫君はとてもダンスがお上手ですね」

踊りながらユーリが囁く。独り言を全部聞かれていたのかと思うと、全力で穴を掘って地中

深く埋まりたくなった。

顔を引き攣らせながら、レアはにっこりと笑い返した。

「当然でしょう？　わたくしは王女ですもの」

「……そう。本物の王女様だ」

どこか苦く、切なげに呟いて、彼はふっと目を逸《そ》らした。

しばし無言でステップを踏み、囁き声でレアは尋ねた。

「よさそうなお相手は見つかりました？」

「……いや」

「美人がいっぱいいたんでしょう？」

「そうだな……。似たりよったりの美人だらけだった」

「目移りしちゃって決められなかったんですね」

厭味に聞こえないよう気をつけながら冷やかすとユーリは苦笑した。

「目移りというか、目が滑って誰にも留まらなかった。あの場にいた誰よりも、レアのほうがずっと可愛い」

「そ……、それはいくらなんでも贔屓目《ひいきめ》が過ぎると思います……」

「可愛いの基準は贔屓目だからいいんだよ」

いいのかな⁉　と真剣に考え込んでいると、ユーリの悩ましげな呟きが聞こえてきた。

「レアが本当に、妖精国の王女様だったらな」

ずきんと胸が痛む。

（やっぱりわたしじゃだめなのよね……）

がっくりとうつむいた。それでもユーリのリードでダンスは続く。カツッ、カツンと冷たい靴音だけが響いて。

いつのまにか華やいだ舞踏会場が氷のお城に変わってしまったみたいに——。

「——レアが妖精のお姫様なら、もう二度と妖精国には帰さない」

思わぬ呟きに、「え？」と顔を上げる。

ユーリの水色の瞳が、ひどく真剣な色合いを帯びていることに気付いてレアはとまどった。

「……陛下？」

「どうか帰らずに、ここに留まって、俺と結婚してくれ」

ぽかんとしたレアは我に返って真っ赤になった。

彼が口にしたのはほぼそのまま、先ほどレアが垂れ流した妄想の台詞《せりふ》だ。

「え？　は？　へ、陛下……!?」

焦りすぎて妖精国の王女様を気取ることも忘れてしまう。

ユーリは足を止め、やけに切羽詰まった表情でレアの顔を覗き込んだ。

「俺はレアが好きだ。結婚するならレアとしたい」

「え？　え？　え？」

あまりにいきなりな求婚に、言葉の意味もよく掴めず、ぽかんとユーリを見上げる。

彼は白手袋を嵌めた手でレアの頤《おとがい》を掬《すく》い取《と》り、長身をかがめて唇を重ねた。

「…………!?」

レアは深紅色《ワインレッド》の瞳を限界まで見開いた。もはや近すぎてユーリの顔に焦点が合わない。

ぼやける視界とは裏腹に、唇に押し当てられたしっとりとやわらかな感触が鮮明に圧を増す。

（嘘っ……！　陛下と、キス……してる……!?）

軽く食《は》むようにして唇を離すと、ユーリはかすかに眉根を寄せてじっとレアを見つめた。

懸念……だろうか。いつも怜悧な瞳に、見慣れぬ色がある。

それを見たとたん一気に夢が覚め、寒風のごとく現実が押し寄せた。

悲鳴のようにレアは叫んだ。

「陛下！　わたしをクビにしてください！」

今度はユーリがぽかんとする。彼は眉間にしわを寄せ、探るような目つきで訊き返した。

「いま、結婚してくれと言ったんだよな……？」

「クビにしてくれって言ったんですよ！」

聞き間違いにしてもあんまりだと、憤激に瞳を潤ませて言い返す。

ユーリは憮然とした顔になった。

「何故だ。耳かきがいやになったのか」

「ちがいま……そうです！」

「どっちなんだ」

「い……、いやになったわけでは、ありません……」

「じゃあ、なんでだ」

「なんでって言われても……」

「俺が嫌いになったのか？　ああ、いきなりキスしたから怒ってるんだな。すまない。謝る。このとおりだ」

　ガバと頭を下げられ、レアは焦った。

「違いますよっ」

「じゃあ結婚してくれるんだな」

「む、無理です」

「俺がおじさんだからいやなのか？」

「陛下はおじさんじゃありません！　とっても素敵だし、格好いいです！」

「そうか……？」

　照れたような顔にきゅん……としてしまい、レアは慌ててぶんぶん首を振った。

「と、とにかく無理なんです！」

「何故だ。俺が嫌いになったのでも、耳かきがいやになったのでもないんだろう？　だったら俺と結婚して、一生耳かきしてくれ」

「いやです！　あっ、いやじゃないですけど！」

「どっちなんだよ……」

　ユーリは頭を抱えて唸った。懸命にレアは言い訳を探した。

「ぇ……と……。陛下の耳かきをするのは、好きです……。一生、陛下のお耳をかいてさしあげたいです」

「そうしてくれと言っている！」

「無理ですよ！　陛下はよくてもお妃様《きさき》がダメって言うに決まってます」

「レアが妃になればなんの問題もないじゃないか」

「だから無理なんですってば！　わたしじゃお妃になれません。お姫様でも貴族の令嬢でもないし……」

「そんなことはどうでもいい。今日の舞踏会には平民の女性も大勢来ていたぞ」

「平民といったって、それなりの家柄の人ばかりじゃないですか！」

「レアは妖精国の王女様なんだろう？」

「からかわないでくださいっ」

「からかってない」

至極真面目な顔で言われて、レアはたじろいだ。

「で、でも」

「俺にとって問題なのはレアの気持ちだけだ。レアがどうしてもいやだというなら、諦める。……とても諦めきれないが、諦めるよう努力する……したいと……思う」

「……要するに諦める気はないんですね」

「うん、そうだな。ないな」

打って変わってきっぱり答えるユーリに、がっくりと肩を落とす。今までぐちゃぐちゃ悩んでいたのはいったいなんだったのだろう……。

「陛下がよくても、周りの人たちが反対すると思うんですけど……」

「押し切る。こんなときのために留保しておいた皇帝大権だ」

「そ、そんなことに使っちゃダメですよ！」

「そんなこととはなんだ。一生の大事だぞ？」

「そうですけど……」

「それよりレアはどうなんだ。俺が好きなのか、嫌いなのか。どっちか選べ」

真顔で極端なことを言い出され、レアは困惑しきって眉を垂れた。

「……嫌い、って言ったらどうなるんですか……？」

「いま何か言ったか？」

不穏な笑みに顔を引き攣らせる。選べと言いつつ、選ばせる気など最初からないではないか。

かといって、好きだと言ってしまっていいものか。いや、もちろんユーリのことは好きなのだが……。というか、好きすぎて困っているくらいなのだが。

でも、それを口にしたら壊れてしまいそうで怖い。何にも替えがたい、居心地よくて無邪気で優しい、閉ざされた美しい世界が。

(このままではいけないの……?)

いつまでも彼の庇護の下、うとうとと微睡《まどろ》んでいられたら……。

儚い望みに瞳を潤ませ、黙り込んでしまう。

そんなレアを見つめていたユーリが、ふいに何やら毒づいた。反射的に身を縮めると、いきなり手を掴まれた。

「……!? 陛下……っ」

有無を言わさず、ユーリはレアを引きずるように歩きだした。

開け放たれた扉の陰で竦《すく》み上がっているアンナとカーヤの姿も、ドレスの裾を踏むまいと必死になるあまり目に入らなかった。

第三章　初めての甘い夜

バタンと閉まる音と同時に、扉に強く背中を押し付けられた。

「へい……、んッ⁉」

強引に唇をふさがれて目を見開く。さっきはそっと唇を重ねられただけだったが、今度は違う。荒々しく、噛みつくようなキスだった。

レアは怖くなってユーリの肩口を拳で強く叩いた。

抗議は伝わっているはずなのに、ユーリは離れるどころかますます熱っぽくレアの唇を吸いねぶった。

息苦しさに呻くと少しだけ隙間が空いたものの、ろくに息を継ぐ暇もなくふたたび口をふさがれる。

そんなことを繰り返されるうちに、レアの頭は酸欠とパニックですっかり朦朧《もうろう》となってしまった。瞳に涙を溜めて弱々しく喘《あえ》ぐレアをなだめるように、ユーリが頬を撫でる。

吸っては離し、また吸って、舐めて……。ついばむように何度も何度もくちづけられる。

彼の唇や舌の感触がなじむにつれて、レアのなかで奇妙な感覚が芽生え始めた。

お腹の底のほうがぞくぞくして、痺《しび》れるような甘い疼《うず》きが沸き上がる。

あらぬ場所がツキツキと痛くなってきて、唇を吸われながらレアは顔を赤らめた。

ユーリの指が顎を優しく摘まみ、うっすら開いた歯列のあいだから舌が滑り込む。

ぎょっとしてこわばるレアの背を、大きな掌がなだめるように撫でた。

「ん……」

鼻にかかった吐息を洩らし、レアは焦点の合わない瞳でぼんやりとユーリの耳朶《じだ》を見つめた。

たとえどんなに巧《うま》く変装したって、耳で見分けられる自信がある。

黒髪をそっと払い、彼の耳に触れる。同時に舌を強く吸われ、涙の膜が深紅色《ワインレッド》の瞳を覆った。

ちゅく、ちゅぷ、と舌をねぶる音がいやらしく耳につく。それをいやだと感じられないことが、逆に恥ずかしかった。

キスというものは唇をくっつけあうだけではなかったのか。

舌を絡めたり、吸ったりするなんて想像したこともない。

だけど。

……気持ちいい。すごく……。

(陛下の舌……、やわらかくて、あったかい……)

もっと舐めてほしくなって、おずおずと舌を差し出した。

期待どおりにちゅるりと甘く吸われ、どきどきと鼓動が高まる。握りしめていた拳もいつしか解け、ユーリの肩にすがりついていた。

「ん……、ん……、んぅ」

ぺちゃぺちゃと淫らな水音が響くのにも昂奮を煽《あお》られる。

ユーリはレアを掻《か》き抱《いだ》き、情熱的に唇を貪った。

(食べられてる……みたい……)

いつだって余裕でレアをあしらっていた皇帝陛下が、飢えた獣みたいにがつがつと唇を貪っているのだ。

怖さよりも嬉しさのほうが、いつのまにかずっと大きくなっていた。

求められるまま舌を差し出し、心地よさに酔う。

飽かずレアの口腔《こうこう》を貪っていたユーリが、軽く息を乱してやっと唇を離した。

濡《ぬ》れた糸が唇に橋をかける淫靡《いんび》さに、花園の奥がきゅんと疼く。

ドレスの下で無意識にもじもじと腿《もも》を擦り合わせていると、それを察したようにユーリは呟いた。

「邪魔だな」

何が？　と問う暇もなく、ドレスの裾を無造作に捲《まく》り上げられる。スカートをふくらませるために付けているクリノリンが剥《む》き出《だ》しになった。

「ひゃ……!?」

輪にした針金で籠を作り、薄い布を貼ってあるから脚が露出したわけではないが、やはり下着姿をユーリに見られるのは恥ずかしい。

そのときレアが身につけていたのは夜会服用のクリノリンで、普段着よりもふくらみの大きなものだった。さらにコルセットもいつもよりきつめに締めている。

ユーリは溜息をついた。

「やれやれ。女の下着は脱がせるのが大変だな」

「どうして脱がなきゃいけないんですか!? あっ、お風呂ですか?」

「風呂は後で入れてやる。いいからおとなしく脱げ」

わけがわからないままドレスを脱がされる。

ユーリの指示に従うことにすっかり慣れていた上に、彼に対して信仰にも近い絶対的な信頼を置いているため、明らかに理不尽な命令でもない限り、逆らうなど思いも寄らない。

いきなり服を脱げというのも充分に理不尽なのだが、初めてのキスで舌まで入れられて気が転倒していたレアは、焦っているあいだにまんまと脱がされてしまった。

「まったく、一仕事だな」

ふぅ、とユーリは溜息をついて軽く額をぬぐった。

クリノリンとコルセットが取り払われ、締めつけがなくなって、レアはホッと息をついた。

それにしてもシュミーズ一枚で彼の前に立っているのがどうにも恥ずかしくてたまらない。肩の露出する夜会服を着ていたので、コルセットがないと落ちてきてしまう。

「あ、あの、陛下。わ、わたしはどうすれば……?」

胸元を押さえつつ、もじもじと上目遣いでユーリを窺う。

「レアは何もしなくていい」

「でも、あの……、きゃっ」

軽々と抱き上げられて反射的にしがみつくと、ユーリはレアの首すじにチュッと音を立ててキスした。

「俺が、うんと気持ちよくしてやるから」

「気持ちよく、って……」

大人が三人並んでも余裕で寝られそうな、広々として豪華な寝台にそっと下ろされる。

ユーリは礼装軍服の上着を脱ぎ捨て、シャツ姿でレアの傍らに腰を下ろした。

「レア」

「はいっ」

じっと見つめながら改めて名を呼ばれ、緊張しきってぴんと背筋を伸ばす。ユーリは苦笑して、ふわりとレアを抱きしめた。いきなり体温が近くなって、鼓動が跳ね上がる。

「レア。好きだ」

「……！」

抱きしめる腕に力がこもり、真摯な声で告げられる。ドキドキしすぎて心臓が口から飛び出しそうだ。

こくりと喉を震わせ、レアはおずおずとユーリの背に腕を回した。

「わたしも……、好きです……」

ああ、ついに言ってしまった……！

瞼と唇をぎゅっと閉じ、赤くなってふるふると震えていると、大きな掌がそっと頬を覆う。

武骨で優しい、ユーリの手。いつでもレアを守ってくれる手。

おそるおそる目を開けると、彼はすごく幸福そうに微笑んでいた。

その笑顔を見ただけで、レアは胸が一杯になってしまった。

（やっぱり陛下のことが好き。大好き……！）

優しく唇が重なった。何かを祈るかのようにしばし静かに唇を合わせ、一旦離れて互いに見つめ合う。今度はどちらからともなくくちづけた。

戯れる小鳥のようについばみ合ううちに熱っぽさが増し、舌を絡めて吸いねぶる。

ちゅくちゅくと濡れた音がすぐ耳元で響いて、その淫靡さに羞恥と昂奮を掻《か》き立《た》てられてレアはユーリにしがみついた。

気がつくとベッドに横たえられて唇を貪られていた。薄い綿モスリンのシュミーズ越しに胸のふくらみをふよふよと揉《も》みほぐされてレアは頬を染めた。

未熟な果実は彼の手のなかで急速に熟《う》れ、やわらかく弾んでいる。尖った先端を摘まれると、ぴりっと刺激が走り、レアは思わず肩をすくめた。

「すまん。痛かったか?」

気づかわしげに問われ、レアは慌ててかぶりを振った。

「違います。その……、びっくりしただけ……」

ユーリは微笑み、優しくレアにキスした。胸元の紐《ひも》をゆるめただけで易々《やすやす》とシュミーズを脱がされてしまい、丸裸になったレアは両手で胸を覆って身体を丸めた。

「隠すな」

笑み混じりに囁いて、ユーリが腕を掴む。リネンに腕を縫い止められ、はだけた胸元が男の視線に晒される。レアは首を横に倒して唇を噛んだ。

ゆるやかに上下に弾む乳房を、ユーリはじっと見つめた。

「そ、そんなに見ないでっ……」

「いいじゃないか、可愛いんだから」

くすりと笑みを洩らし、ユーリは屈《かが》み込《こ》んで乳首の先端にチュッとくちづけた。

「ひゃっ」

反射的に情けない声を上げ、レアはますます赤くなった。ユーリは上目遣いににんまりしたかと思うと、今度は舌を出して初々しい尖りをぺろりと舐めた。

「や！　く、くすぐったい……」

突《つ》つくように乳頭の周囲を舐《な》め回《まわ》されて悶《もだ》えると、手首をまたリネンに押し付けられた。

ちろちろと舌先で転がしながら乳輪ごと口に含んで食むように舐めしゃぶられる。

手首を押さえていた手を離し、乳房を捏《こ》ね回《まわ》しながらユーリは両方の乳首が赤く濡れてピンとそばだつまで丹念に愛撫《あいぶ》を続けた。

やっと彼が上体を起こしたときには、レアの乳首は唾液で濡れそぼり、煽情《せんじょう》的な彩りに変わっていた。上気した胸の突端を優しく摘まみながらユーリは呟いた。

「甘い乳首だ。どれほど舐めても飽きないな」

「あ、甘いわけないです……っ」

顔を真っ赤にしてレアは言い返した。むしろ汗をかいているからしょっぱいはずだ。

ユーリは涼しげな顔で微笑んだ。

「菓子より甘くて美味しいぞ？」

「うそ……、んッ」

唇をふさがれて目を瞠る。

ぬるりと滑り込んだ舌に口腔を掻《か》き回《まわ》され、どっと唾液があふれた。

「……ほら、甘い」

そそのかすような囁きに、息も絶え絶えに頷く。

ユーリは満足げに微笑み、レアの全身を口唇でたどり始めた。胸元から腹部、脇腹にくちづけ、お尻や腿も掌全体を使って優しく愛撫される。

(蕩《とろ》けちゃいそう……)

うっとりとレアは吐息を洩らした。

全身が温められたバターみたいにとろとろと溶けてしまいそうだ。

ううん、きっともう溶け出してる。だってさっきから脚の間が変な感じ……。

無意識に太腿《ふともも》を擦り合わせるレアを満足そうに見下ろしていたユーリが、下腹部の茂みを指先でそっと撫でる。

髪と同じ純白の和毛《にこげ》はとても薄く、ふっくらしたピンクの淫唇が透けて見えている。もちろんレアにはわからないが、それはひどく男の欲望をそそる光景だった。

やわらかな下生えを指でそっと掻《か》き分《わ》け、ユーリが未開の秘裂に指先をもぐり込ませる。

びくっとしてレアは反射的に口許《くちもと》を押さえた。

谷間の奥に隠された尖りに指先が触れ、根元にズキンと痛みが走った。

「いッ……」

唇を噛むとユーリが頬を撫でる。

「痛い?」

「ん……」

「ゆっくり馴《な》らそう」

囁いて、レアにくちづけながら彼は固い媚蕾を優しく愛撫した。

締めつけられるようにズキズキと痛かったのが次第に収まり始めると、ユーリの指はぬめりを帯びて動きがなめらかになった。

「あ、あの……」

「ん？　まだ痛いか」

「痛くは、ないですけど……、その……」

言いよどんでいるとユーリは微笑んでレアの目許にキスした。

「これでいい。レアの身体が俺を受け入れる準備を始めたってことだから」

「そう……なのですか……？」

曖昧に身じろぐと、ユーリは何故だか申し訳なさそうに眉根を寄せた。

「……イヤか？　俺を受け入れるのは」

「そんなことないです！」

慌ててレアは首を振った。

実を言えば、具体的に何を受け入れるのかよくわかっていなかったりした。深窓の令嬢よりもさらに世間から隠されるようにして育ったため、レアの性知識は皆無に等しい。

一応、初潮があったときにメイジー夫人やアンナから妊娠出産については教えられたが、当時は他人事にしか思えず、ただ『すごーい』と感心して聞いていただけだった。

レアの無知っぷりに気付くと、ユーリはちょっと迷った顔になった。

呆れてやめてしまうのではないかと心配になり、レアは身体を起こした。

「大丈夫です！　陛下になら何をされてもかまいません。どんなに恥ずかしくたって我慢します」

「あまり我慢されても切ないが……」

はぁ、とユーリは溜息をついた。

「ごめんなさい……」

「謝るな。レアは悪くない。悪いのは辛抱できない俺のほうだ」

「陛下は悪くないですよ」

懸命に言い、それを証明しようと抱きついて唇を押し付けた。傍から見れば、それは主人に飛びついて口許を舐め回す仔犬のように見えたに違いない。

ユーリは溜息混じりに苦笑した。

「レアは可愛いな。……あんまり可愛すぎて、自分が下種《げす》に思えて仕方ない」

「陛下は下種じゃないです。立派だし、尊敬してます。大好きです」

「うん……」

レアの純白の髪を撫で、ユーリは困ったように笑った。

「愛してる、レア。これから怒らせるかもしれないが、それだけは本当だから」

「はい。わたしも陛下のことを愛してます」

愛していると言われてすっかり嬉しくなり、レアはぎゅっとユーリに抱きついた。

ユーリはうっとりするような甘いキスをくれて、レアを横たえるとふたたび花芽を弄《いじ》り始めた。

刺すような根元の痛みはすでに消えていたが、彼の指が小さな突起を撫でるたびにお腹の奥のほうで疼痛《とうつう》が生まれる。そこを探って撫でてほしいと願い、レアは顔を赤らめた。

自分のなかからとろとろした蜜のようなものがあふれ、ユーリの指を濡らしている。

恥ずかしかったけれど、ユーリは気にした様子もなく、むしろ嬉しそうに秘裂をくちゅくちゅと掻き回しているからレアは安堵して愛撫に身を任せた。

うぶな谷間が蜜ですっかり潤うと、ユーリは蕩けた蜜口に指先をそっと押し当てた。

「あっ……!?」

固い関節に隘路《あいろ》を刺激され、思わず頭をもたげる。

「すまん。痛かったか？」

気づかわしげな声に、レアは顔を赤らめてふるっとかぶりを振った。

「大丈夫……」

微笑んだユーリは上体をかがめてレアの唇を吸いながら、慎重に指を進めた。

壊れやすい繊細な鍵穴に差し込んだ鍵をゆっくりと回すように、指の腹で膣襞《ちつひだ》を優しく愛撫しながら少しずつ奥へもぐり込んでくる。

秘めた場所に異物が入り込んでくる感覚は、今まで経験したことのないものだ。レアの背に軽く冷や汗が浮いた。

お腹の奥がぞくぞくして、とてもじっとしていられない。無意識に膝を折り曲げ、ユーリの手首を挟むような格好になる。

「……ほら、付け根まで入った」

囁いてユーリが微笑む。

わかるか？　と問われ、レアは頷いた。ぼんやりした異物感が隘路を埋めている。

じわじわと腹底が熱を帯びてきて、小さく喘ぐ。少し怖くなって、レアはユーリの首に腕を回してキスをねだった。

唇と舌を優しく吸いねぶりながら、ユーリは挿入した指をゆっくりと前後させ始めた。

レアが痛がっていないことを確かめると、指の動きは次第に大きく、速くなった。ちゅぷちゅぷと淫靡な音をたててかき混ぜられた愛蜜が、泡立ってユーリの指にまとわりつく。

抽挿しながら花芯を親指で軽く押しつぶすように捏ね回され、下腹部の疼きがどんどん大きくなる。

「や……！　あっ、あ……、へ、いか……っ。なに、か……へん……なの……っ」

「そのまま感じていればいい」

「で、でも」

このままだと漏らしてしまいそうでレアはうろたえた。

尿意に似た感覚が高まって切羽詰まった気分になる。

「だ、だめです、陛下！　やめて……っ」

「心配するな。そのまま達《い》け」

必死で訴えたが、ユーリは愉しげに笑うばかりだ。そのかすように指の動きを速め、ぐちゅぐちゅとリズミカルに奥処《おく》へ突き入れる。

「んッ……、ほん、とに……っ」

きゅうきゅうと内臓がねじれるような何とも言えない感覚に、レアは涙目になった。

(だめ……っ、漏れちゃう……！)

彼の指が届くよりももっと奥のほうが、かぁっと熱くなる。

一瞬、何も考えられなくなり……、気がつくとユーリの唇が優しく額に押し当てられていた。

「達けたな」

満足げに褒められて、いたたまれずに顔を両手で覆って身体を丸めた。

ユーリは苦笑し、震えるレアの肩を撫でた。

「大丈夫だ、漏らしたんじゃない」

「……ほんと……？」

おそるおそる視線を下げたが、確かにリネンに恐れていたような染みはなかった。股の間は熱い蜜で濡れていたが、小水ではないようだ。レアはホッと安堵の吐息をついた。

「よかった。いま、すごく変な感じになったから……」

「心配ない。気持ちよくなっただけだ。何度そうなってもいいんだよ」

優しく言われてレアはおずおずと微笑んだ。初めてで混乱してしまったが、確かにあの感覚を言葉にすれば『気持ちいい』としか言いようがない。

ユーリはレアにくちづけながら、未だひくひくと戦慄《わなな》いているうぶな蜜孔をなだめるように愛撫した。

ちょっとだけ指を入れて浅い場所をゆるゆると掻き回したり、ゆっくりと奥処まで挿入してふっくらした繊細な襞を撫でたりされるうちに、レアは彼の動きに合わせてうっとりと腰を揺らしていた。

「気持ちいいか？」

「ん……」

甘く問われ、とろんと潤んだ瞳でレアは頷いた。

いつのまにか気持ちよさが恥ずかしさを圧倒している。

最初は何をされるのかと焦ったし、怖かった。でも、ユーリの動きは慎重で優しくて、すごく気遣ってくれていることが感じられて嬉しくなった。

(陛下の指……、気持ちいい……)

さっき感じたなんともいえない高揚感がまた欲しくなって、レアは顔を赤らめた。

たった一度で擒《とりこ》になってしまうなんて、ずいぶん情けない。ユーリがくれた快楽はそれだけ強烈だった。

とはいえさすがに、もう一度あれが欲しいと自分からねだるのは気が引ける。もじもじと腿をすり合わせたり、腰を揺らしたりしていると、ユーリが誘惑するように囁いた。

「今度は二本、入れてみような」

「二本……?」

――指を⁉ と気付いたときにはすでにレアの蜜孔は彼の指を二本呑み込んでいた。

快楽を知り初めたばかりの粘膜が引き攣り、痛みに顔をゆがませる。

「んぅ……!」

「……やっぱり狭いな」

呟いたユーリは、かといって指を抜こうとはせず、様子を見るようにしばらく動かさずにいた。襞がなじむまで待ち、慎重に奥処へと進めてゆく。

痛みが薄らぎ、レアは詰めていた息をそっと解いた。

時間をかけてほぐしてくれたので、レアの未熟な花弁はやがて充分に広がって重ねた指を受け入れられるようになった。

挿入した指を前後しながらもう片方の手で花芽を扱《しご》かれ、何度も絶頂に導かれた。

心も身体もとろとろに蕩け、しどけなくリネンに横たわるレアの姿を、しばしユーリは熱っぽいまなざしでじっと見つめていた。

やがて彼はおもむろにシャツをはだけ、下穿《したば》きを脱ぎ捨てた。引き締まった筋肉質の上体をうっとりと眺めていたレアは、彼の下腹部から頭をもたげる屹立《きつりつ》に気付いて目を瞠った。

どちらかと言えばユーリは色白なほうなのに、それは赤黒くて猛々《たけだけ》しく、別の生き物のようだ。そのときになってようやくレアは、自分が受け入れようとしているものを悟った。

もちろん指ではないだろうとは思ったが、まさかこんなに大きいとは……。

指二本でもやっとだったのに、こんな太いものが入るのだろうか。

青ざめるレアに、ユーリは苦笑した。

「そんなに怖がらないでくれ」

「あ……、ごめんなさい！　でも、あの、それ……、入るんでしょうか……？」

おそるおそる尋ねると、申し訳なさそうにユーリは眉を垂れた。

「入ると思うが、最初は痛いかもしれない」

指二本であれだけ痛かったのだから当然だろう。

顔をこわばらせ、こくりと喉を震わせるレアを見て、ユーリは残念そうに言った。

「どうしても怖くてイヤだと言うなら、やめておくか。今すぐレアが欲しいが……、もう少しなら我慢できる……かもしれない。精一杯努力はするが……」

「するが……？」

「イライラして誰かに八つ当たりするかもな。そう……、イリヤあたりに」

真顔でユーリは呟いた。自分が拒否したせいでイリヤにとばっちりが行っては気の毒だ。彼はユーリの一番の側近で、腹心の部下なのだから。

焦ってレアはユーリににじり寄った。

「だ、大丈夫です！　死ぬほど痛くても我慢します！　女はお産をするから痛みには強くできてるんだとアンナが言ってました！」

本当かな？　と疑ったことは置いといて。今はとにかくそういうことにしておこう。

「お産ほど痛くはないと思うが。……いや、どうかな。人の痛みは案外わからないものだからな。レアを気持ちよくさせたいのに、痛がらせては可哀相だ」

根が真面目な上にレアに対して溺愛傾向顕著なユーリは真剣に悩み始める。

ますますレアは焦った。

「と、とりあえず試してみましょう！」

「そう言われてもな。途中でやめられるか、自信がない」

「やめなくていいですよ！　わたし、陛下になら殺されたっていいと思ってますから！」

懸命に訴えると、目を瞠ったユーリが苦笑する。

「まったく、おまえは……」

ぽん、と頭に軽く手を載せて、ユーリは嘆息した。

「……ごめんな」

「どうして謝るんです？」

きょとんとするレアに苦笑混じりにかぶりを振ると、ユーリは優しくレアの身体を引き寄せた。

「おいで」

促されるまま、彼の膝を跨《また》ぐ。彼は自らの屹立に手を添え、蜜の滴るとば口に先端をあてがった。ひときわ太い雁首が花襞の分け目に埋め込まれる。

「……ゆっくり腰を落として。俺に掴まっていいから」

言われたとおり彼の肉槍を少しずつ蜜鞘に収めながら腰を落とす。

ある点までくるとすごく痛くなって、涙が噴きこぼれた。

「い……、痛い……。ご、ごめんなさい。やっぱり……無理かも……っ」

あれだけ丁寧にほぐされても、怯《おび》えた処女襞は頑なに異物の侵入を拒んでいる。

「もう少しだ。俺にしがみつけ。爪をたててもいい」

唇を噛み、懸命にかぶりを振る。だが、いつまでも中途半端に膝立ちしてはいられない。がくがくと腿が震え、身体が支えきれなくなる。

ユーリの背に腕を回してしがみつき、思い切って膝の力を抜いた。

愛液に包まれて滑りのよくなった怒張は、自重で落ちてくるレアの関門を易々と貫いた。

「い……ッ……！」

予想以上の痛みで目の前に火花が散る。

ユーリの胸に顔を押し当ててレアは泣き声を上げた。まさかこんなに痛いとは思わなかった。指で掻き回されたときはすごく気持ちよかったのに……。

「悪かった。痛くしてごめんな」

ユーリはそう言ってレアの濡れた目許や頬に何度も唇を押し当てた。

彼は悪くない。やめようかと言ってくれたのに、自分がせがんだのだ。

でも、こうして甘やかされるのはやっぱりすごく気持ちよくて……。大きな掌で髪や背を撫でられ、優しくくちづけられる心地よさに、うっとりとレアは浸った。

そのうち、痛みでジンジンしていた花襞も落ち着いて、ホッとレアは息をついた。

ユーリの膝の上にぺったりと座り込んでいるので、結合部分は隙間なく密着している。

（わたしたち、繋がってるんだわ……）

実感するとさらに幸福感が込み上げた。

大好きなユーリと身体を繋げる行為が、こんなにも幸せなものだったなんて。

「……大丈夫か？」

ユーリが顔を覗き込み、頬を撫でながら気づかわしげに問う。こくりとレアは頷いた。

「もう大丈夫です」

本当言うと、破瓜《はか》されたばかりでまだ痛みは残っていたが、いつまでもこんなふうに抱きついているのも悪い気がする。

強がっていることは伝わってしまったみたいで、ユーリは苦笑すると詫《わ》びるようにレアの額にチュッとキスした。

「もう少し、こうしていようか」

「ん……」

彼の胸に頬を押し当てて頷くと、ユーリはレアの純白の髪を優しく撫でてくれた。

鏝で巻いた髪はすっかり乱れ、ふわふわと肩に落ちかかっている。その髪を、ユーリは愛おしそうに何度も撫でた。

「レア。好きだ」

ふだん謹厳実直を絵に描いたような彼が、こんなに甘い囁きをくれるなんて。もうそれだけで嬉しくて、ドキドキして、頬が熱くなってしまう。

「好きです、陛下」

ぎゅっと抱きつくと、ユーリは苦笑した。

「ユーリと呼んでくれないか。小さい頃みたいに。……俺が即位してからは、陛下としか呼んでくれなかったな」

どこか寂しげな呟きに驚いて、レアは首を振った。

「それは、嬉しかったからです！」

「俺が皇帝になったことが？」

レアは頷いた。

「誇らしかったんです。大好きな……ユーリが、この国でいちばん偉い人になったんだー、って思うと……」

誰彼かまわず自慢したくなって。だから『陛下』と呼んだ。

わたしのユーリはとっても偉いの。すっごく強いのよ。どう？　素敵でしょう！　って。

幼いなりに目一杯、思慕と敬愛を詰め込んで。

「……そうか」

くすっと笑って、ユーリはレアの髪を撫でた。

「ユーリのこと、ずーっとずーっと好きだったんですよ」

「そうか」

繰り返して嬉しそうに笑い、レアの顔を両手で挟み込んで唇を重ねる。

ねろねろと舌を絡ませながら彼はゆっくりと腰を揺らし始めた。

深く挿入された雄茎で抉《えぐ》るように腹底を擦られると、花芽も同時に刺激され、腰骨が蕩けそうな愉悦にレアはがくがくと震えた。

「ん……、あ……、あぁ……、いぃ……っ」

淫らな嬌声《きょうせい》が口を突き、無我夢中でユーリにしがみつく。

下腹部がきゅうきゅう疼き、レアは彼の膝の上で何度目かの絶頂を迎えた。

「はぁ……あ……ん……」

逞《たくま》しい胸板にもたれかかって喘いでいると、ユーリは怒張を挿入したままそっとレアの身体を横たえた。

「痛かったらすぐに言うんだぞ?」

レアの膝頭を摘んで脚を広げながら囁いて、彼は濡れそぼった蜜壺を穿《うが》ち始めた。ゆっくりと先端近くまで引きずり出した太棹《ふとざお》を、今度は勢いをつけてずんと奥処へ突き立てる。

そんな抽挿を繰り返されるとたちまち気持ちよくなってしまい、レアは瞳を潤ませて喘いだ。

艶《つや》めいた吐息がひっきりなしに唇から洩れる。

「ひっ、あっ、あ、あんっ……！　やぁっ……、ユーリ……ユーリ……！」

「……っ」

ずくずくと腰を突き入れながら、ユーリが低く唸る。

「まだまだ子どもだと思っていたのに……、そうでもなかったな。此処《ここ》はもう……すっかり女だ……」

詰られたように感じて唇を噛むと、ユーリは苦笑してレアの唇をふさいだ。

「そんな顔するな。褒めたんだ」

上気した乳房を掴まれ、縦横無尽に捏ね回すように揉みしだかれる。その間も抽挿はやむどころかますます激しさを増していった。

翻弄された蜜襞がうねり、戦慄《わなな》きながら張り詰めた肉槍に絡みつく。

ユーリの端整な額に薄く汗が浮かび、官能に眉根を寄せて行為に没頭する様を、容赦なく揺さぶられながらレアはうっとりと見つめた。

「あん……っ、ユーリ……、気持ちいいッ……！」

たまらずに叫ぶと、彼は一瞬動きを止め、すぐに勢いを増してがつがつと隘路を穿ち始めた。

「あっ、あっ、あっ、ひぁっ、やぁあっ……」

じゅぷじゅぷと蜜液のかき混ぜられる音が大きくなる。

内奥の疼きも耐えがたいほどに高まり、レアは髪を振り乱して悶えた。

「だめっ……、だめ、も……っ！　あぁっ、ユーリ！　ユーリぃ――っ」

彼の名を呼びながらレアは目も眩《くら》むような絶頂に達した。

同時にユーリが呻き、ぐっと腰を押し付ける。

「つく……」

胎内に熱い飛沫《しぶき》が放たれた。

それは数度にわたって痙攣《けいれん》する襞のあわいにどぷどぷと注がれた。

持てる限りの欲望を出し切ると、ホッと息をついてユーリは己を引き抜いた。

張り出した雁首で掻《か》き出《だ》された愛蜜まじりの白濁は、破瓜の血で薄桃色に染まっている。

彼は放心するレアの傍らに身を横たえ、くたりと力の抜けた身体を抱き寄せた。

「レア……」

優しく名を呼び、大事そうに唇を重ねる。

「とてもよかったよ。すまない、つい夢中になってしまった……」

レアは彼の胸に頬をすり寄せ、吐息を洩らした。

「わたしも……」

互いの唇をついばみあいながら、しばし愉悦の余韻に浸る。やがてユーリは呼び鈴を鳴らして湯浴みの支度を命じ、レアを抱き抱えて風呂に入れてくれた。

自分でしますと遠慮したのだが、彼は聞き入れず、血と体液で汚れたレアの局部を自らの手できれいに洗い清めた。

だが、レアの初々しい裸体を見ているうちに彼の欲望は性懲りもなく頭をもたげ、結局浴室でもう一度身体を繋げてしまった。

ようやくベッドに戻ると、風呂に入っている間に寝具は新しいものに取り替えられていた。脱ぎ散らかした衣服も片づけられている。

我に返って恥ずかしさでいっぱいになったが、とにかくもうくたくたに疲れていたので、横になってユーリに抱き寄せられるとたちまちレアは眠りに引きずり込まれたのだった。

（ど……、どうしよう……!?）

広すぎる寝台の上でレアは頭を抱えた。

傍らにはユーリが寝ている。周囲はまだ薄暗いが、なんとなくドアの向こうで人の気配がした。そろそろユーリも目覚めるだろう。軍人上がりの彼は早起きだ。

穏やかな寝顔を見下ろして、レアはくしゃくしゃと顔をゆがめた。

好きだと告白され、結婚したいと言われてすっかり浮かれて舞い上がり、後先考えずに抱かれてしまった。

もちろんそれを悔いてはいないし、初めてをユーリに捧げられてすごく嬉しい。

だが、一晩ぐっすり眠って正気を取り戻すと、もしかしてまずいことをしてしまったのでは……？　と思えてきた。

うーん、とユーリが大きな寝息をつき、ごろんと寝返りを打った。

彼の手が何やら探すようにリネンを這《は》う。

ハッとしたレアは急いで彼の懐にもぐり込んだ。とたんに彼の腕が絡みつき、ふぅ……と今度は満足そうな溜息が聞こえた。

抱き枕みたいにしっかりと抱きしめられ、ドキドキと鼓動を高鳴らせながら、レアは敵を警戒する小動物のごとくじっとしていた。

やがて静かに扉が開き、コツコツと控えめな足音が聞こえてきた。

「皇帝陛下。お目覚めの時間でございます」

帳《とばり》の向こうから聞こえてきたのは、かつてカッシーニ家の執事を務め、今では宮殿の侍従長であるニクラウスの声だった。

「……ああ、いま起きる」

頭上でユーリの声がした。

その声は思いの外しっかりしていて、声をかけられて目が覚めたふうではなかった。

(ひょっとしてさっきから起きてたの……⁉)

彼と顔を合わせるのが気まずくて、ぎゅっと目をつぶって顔を伏せる。

ユーリは身を起こし、うつ伏せたレアの髪をそっと撫でた。起きろとは言われなかった。

そのまま寝たふりをしていると、「失礼いたします」とニクラウスの声がして帳が開かれた。

「起こすなよ」

ユーリの低い声がする。

ニクラウスの返事はなかったが、驚いている気配は感じられなかった。昨夜、風呂の用意やら衣服の片づけやらで、ベッドにレアがいることはすでにバレているに違いない。

改めて恥ずかしくなり、熱くなった頬をリネンに押し付けた。

シャッと軽い音がして帳が閉じられる。ホッとしてレアは肩の力を抜いた。帳の外からは衣《きぬ》擦《ず》れの音や低く交わされる話し声など、ユーリが身繕いをしている音が聞こえてきた。

しばらくするとふたたび帳が開き、ユーリの気配がした。

彼は寝台に腰掛けると身をかがめてレアの耳にそっとくちづけた。

「……後で話そうな」

笑みを含んだ囁き声に、耳朶がカーッと熱くなる。

（寝たふりバレてた――！）

くすりと彼は笑うと、なだめるようにぽんぽんとレアの肩を叩き、チュッと髪にキスして立ち上がった。

静かに帳が閉まり、靴音が遠ざかる。扉の開閉音がして、やがてしんと室内は静まり返った。

しばらくレアは手で顔を覆ってリネンに突っ伏していたが、いつまでそうしていても仕方がない。もそもそ起き上がって溜息をつき、膝を抱え込んだ。

（……身体が痛い）

脚の付け根とか、何度もユーリを受け入れた場所とかが特に……。

（うう……、どうしよう……）

昨夜言われたことは本当なんだろうか。今となっては夢を見ていたように思えてくる。

でも、この痛みも、ユーリと抱き合って眠っていたことも事実だ。

（……本当に、ユーリと結婚できるのかしら。というか、してもいいの……？）

カチャ、と扉の開く音がしてレアは身をすくめた。

帳の向こうから聞こえてきたのはアンナの声だった。

「レア様。お目覚めですか？」

「は、はい……」

「開けますよ？」

「ええ……」

帳が開き、襟の詰まった焦げ茶色のシンプルなドレス姿のアンナがなかを覗き込む。

彼女は膝を抱えて固まっているレアを見て、ぷっと噴き出した。

「まぁ、レア様ったら。何をそんな、泣きそうな顔をしてらっしゃるんです？」

「……ごめんなさい」

「謝る必要などありませんよ。さぁ、お召し替えなさって。お部屋に朝食の支度ができていますからね」

ユーリのバスルームを使わせてもらって身繕いをし、アンナが持ってきてくれた普段着のドレスに着替えた。アンナの態度はいつもと変わらない。むしろ、ちょっと嬉しそうな感じだ。

自室に戻ると、いつもどおりに朝食が整えられていた。

宮殿に移ってきてからは、朝はいつもひとりで摂る。ユーリは執務室の隣で朝食を摂りながら今日一日の予定を秘書官から聞くのが慣例だ。最初は寂しかったけれどもう慣れた。

苺《いちご》ジャムを入れた紅茶に胚芽《はいが》パン、半熟のスクランブルドエッグと数種類のフルーツで朝食を済ませると、窓辺に座って中庭を眺めた。

（告解に行ってこよう）

ユーリのことは好きだけど、結婚したいと言ってもらえてすごく嬉しかったけど。

でも、彼はこの国の皇帝だ。自分ではとても釣り合わない。

だけど、断るのも悪いというか……、本音を言えば全然断りたくはないのだが、そんな自分がすごくずうずうしい身の程知らずにも思える。

告解室で司祭と話せば解答が得られるかもしれない。

四方八方丸く収まる都合のいい解答も、神様なら知っているかも。

レアは外出用の大きめのヘッドピースの上からさらにレースをかぶり、カーヤを連れて礼拝堂へ向かった。

第四章　宮廷からの脱走？

昼前の礼拝堂はほとんど無人だった。朝の聖餐式はとっくに終わっているし、宮殿を訪れた人が帰宅前に立ち寄るのはたいてい夕方だ。

聖人の窓をいくつか廻《まわ》って祈りを捧げ、最前列に座ってぼんやりと祭壇を眺めていると、横手の祭具室から出てきた司祭がレアに気付いて近づいてきた。

「こんにちは、レア様」

愛想よく微笑んだのは、先日副司祭長から紹介されたロサーノ司祭だった。

レアは立ち上がって会釈した。

「こんにちは、司祭様。……あの、司祭長様は……？」

「それがまだ療養中なんですよ」

「そうでしたか……」

今度こそ、祖父のような司祭長にじっくりと話を聞いてもらいたかったのに……。

「告解ですか？」

「ええ……」

「私が承りましょう」

「え？　あの、副司祭長のアルトゥーロ様は？」

「所用で外出しています。今は私しかいません。ご心配なく、資格はありますから」

そう言われては断るのも気が引けて、レアは告解室へ入った。

やや間を置いて司祭が入ってくる。格子窓の向こうの暗がりから、低い囁き声がした。

「神の慈しみを信じ、犯した罪を包み隠さず告白なさい」

「お赦しください。わたしは罪を犯しました」

決まり文句を返し、レアははたと言葉に詰まった。やっぱり言いづらい。いつも聞いてもらっている老司祭長相手でも言いにくいのに、この新任司祭には聞いてもらうこと自体初めてだ。

言いよどんでいると、また低い声がした。

「神はいつでもあなたを見守っておられます」

「……また、皇帝陛下にご迷惑をおかけしてしまいました」

思い切って呟いたものの、関係を持ってしまったとはどうしても言えない。

結局、寝過ごして朝のお見送りをしなかったとか何とか、どうでもいいような告解をして、司祭と一緒にお祈りをして告解室を出たのだった。

通路を歩きながら、はぁとレアは溜息をついた。

（だめね、わたしって）

臆病なのか見栄《みえ》っ張《ぱ》りなのか、自分でもよくわからない。司祭長の見舞いついでに告解を聞いてもらおうかとも思ったが、病気で寝ているのに煩わせてもいけない。

一番後ろの席には誰もいなかった。見回しても礼拝堂のなかにカーヤの姿はない。またどこかでお喋りしているのだろう。

カーヤは宗教的なことにはあまり関心がなく、田舎から出てきたせいか、首都で生まれ育った女官たちから街の情報や昨今の流行について聞くのが大好きなのだ。

座って待つ気分ではなかったので、レアは廊下に出てみた。

礼拝堂の前は広い廊下が交差しているので、大勢の人が行き交っている。

周囲を見回すと、案の定カーヤがお仕着せ姿の女官たちと喋っているのが見えた。

そのなかに、いつか厭味を言われた若い女官が混じっていることに気づき、反射的に背を向ける。迂闊《うかつ》に近づけばまた皮肉を浴びせられそうだ。

ひとりで帰ってしまおうかしら、と考えて、ふとレアは久しぶりに『外』を覗いてみようかと思いついた。

ふたりの衛兵に守られた大扉をそっと窺い見る。扉は開かれていて、自由に人が出入りしている。ここに入ってこられるのは、基本的に宮殿の出入りを許されている貴族や有力者ばかりだから、それほど厳重な警備はされていない。

あの扉を通って最後に宮殿の表側へ行ってからずいぶん経つ。宮殿で暮らし始めた頃はほとんど毎日のように行き来していたのだが。

執務室の周りには彼専用の部屋がいくつもあり、レアはそこでおとなしく本を読んだり手芸をしたりして過ごした。ユーリが休憩に入ると一緒にお茶やお菓子を楽しんだ。

自分の存在を快く思わない人たちがいるのだと気付いて、レアは『外』に出なくなった。居住区に引きこもっていれば、冷たい視線を向けられることもない。

ちょろちょろとまとわりつくのをやめると『レアもおとなになったんだなぁ』とユーリは少し寂しそうに笑ったが、本当は逆だ。

彼と引き離されるのが怖くて、絶対安全な場所に引きこもってしまっただけ……。

自分の臆病さを改めて意識して、唇を噛む。

レアはぎゅっと拳を握ると外へ通じる扉に向かって歩きだした。

昨夜の言葉が本当かどうか、確かめたい。

(本当にユーリがわたしをお妃にしたいのなら訪ねていっても迷惑には思わないはずだわ)

ちら、とカーヤを窺ったが、こちらに気付いた様子はなく、お喋りに夢中になっている。

心を決めてレアは大扉へ歩いていった。

衛兵はちらっとレアを見ただけで何も言わなかった。

うろ覚えだが、前とは違う人のようだ。まぁ当然だろう。

こちらが誰だか気付いたかもしれないし、単に宮廷人の子女と思っただけかもしれない。レアの服装は上流階級の令嬢そのもので、頭にレースをかぶるのも未婚の令嬢が外歩きをするときにはごく自然な格好だ。

記憶を頼りに通路を進み、執務室に通じる階段を昇ろうとしてレアはためらった。そこにも厳《いか》めしい顔の衛兵が立っていたのだ。

まったく知らない顔だから、相手もレアを知らないだろう。通してくれるかしら……。

「――あなた、そこは違うわよ」

迷っていると、後ろから気さくな声がした。ふくよかな体型の老婦人が、長い棒付きの眼鏡を片手にニコニコしている。

「皇帝陛下にお目通り願うには、まずこちらで受付を済ませないといけないの」

レースの手袋をした手で示されたほうを見ると、たくさんの人が並んでいた。老婦人はレアを謁見希望者だと思ったらしい。

「そうなんですか……」

「あなた、初めてなのね?」

「え?　ええ」

「じゃあ、一緒に行きましょう」

親切に言われてレアは頷いた。

廊下の両側で大勢の人たちが順番を待ちながら暇つぶしにお喋りしていて、大変な賑《にぎ》わいだ。

老婦人は溜息をついた。

「こんなに混んでいるとは思わなかったわ。今日のお目通りは無理かもしれないわねぇ……。ともかく名前は書いておかないと」

受付前にも長蛇の列ができていて、レアはびっくりした。

「すごい人ですね！」

「今の皇帝陛下は希望すれば誰にでもお目通り下さるの。このとおり希望者が多いから一人五分しかいただけないけど、それでも直接申し上げることができるのは嬉しいわね」

「そうですね」

レアは心から頷いた。

老婦人の説明によれば、受付は正午で締め切り、実際の面会が始まるのは午後二時過ぎだという。ただ、時間が空けばその前でも会ってくれるし、緊急案件が入って謁見が中止になることもよくあるそうだ。

「だから受付を済ませても、うっかり外せないのよ。結局一日がかり。こっちもそのつもりで来ているからいいんだけど」

おおらかに老婦人は笑った。

何事もなければ謁見は二時間ほど取ってあるという。一人五分としても実際に目通りできるのは二十人くらいだろうか。どう見てもその三倍、いや五倍くらいの人がいるようだが……。

「あの。受付してもらえても、こんなに大勢いたら全員は会ってもらえませんよね……？」

「そうね。もうこれ以上は無理となった時点でお知らせが出るわ。受付してあれば、翌日に回してもらえるのよ。諦めずにねばっていればいつかは会えるわ」

老婦人は励ますように笑った。

それもいいかもしれない、とレアは思った。いつも特別扱いされているのだから、こんなときは逆にきちんと面会を申し込んだほうがいい。ユーリはさぞ驚くだろうが……。

（言うべきことをちゃんと考えておかなくちゃ）

レアは理路整然と話すのが苦手で、すぐあちこち話が飛んでしまうのだ。いつもユーリは辛抱強く聞いてくれるが、正式に謁見を申し込むならそんな甘えたことを言ってはいけない。

このぶんでは今日の面会は無理そうだが、それならかえって段取りをしっかり準備できる。

そんなことを考えながら、ぼんやりと周囲を眺めていたレアは、近くで着飾った若い令嬢たちがテーブルを囲んで談笑していることに気付いた。

受付の周囲はホールになっていて、順番待ちの人たちのために椅子やテーブルがいくつも出ている。もちろん全部満席で、立っている人のほうが多い。

テーブルの上にティーセットや軽食の皿が並んでいるのに気付いてレアは目を瞠った。

（そんなサービスまであるのね！）

感心して眺めていると、令嬢たちのお喋りが聞こえてきた。

「何はともあれ、陛下には近々我が家へお越しいただくつもりなの」

驚いて発言者を見れば、いかにも裕福な家の令嬢といった感じの若い女性だった。

年頃はレアとそう変わりないだろう。目がぱっちりした勝気そうな美人で、栗色の髪に青い瞳、座っているので背丈はわからないがスタイルはとてもよさそうだ。

周囲の令嬢たちから賞賛と羨望の溜息が上がる。令嬢は得意そうに顎を持ち上げて微笑んだ。

「わたしの父は陛下の即位を強力に後押ししたのよ。無下にはできないはずだわ」

「そうよね！　それに陛下は昨夜の舞踏会でエレナと二回も踊ってくださったもの」

羨ましい～と口々に言われた令嬢はますます得意げな笑みを浮かべ、気取った仕種でティーカップを口許に運んだ。

レアはヴェールの陰からエレナという娘をそっと窺った。

確かに美人で、自信に満ちている。貴族か平民かはわからないが、ユーリの即位を後押ししたというからには父親が有力者なのは間違いない。議会でも相当に力のある議員なのだろう。

「エレナのこと、陛下はよほどお気に召したのね。陛下と踊りたがる女性があんなに大勢いたのに、エレナとは二回も踊ってくださったんだもの」

ひとりがおもねるように言うと、周囲の娘たちも一斉に頷いた。

どうやら彼女たちはエレナという令嬢の取り巻きらしい。

「それなのに、どうして急に帰ってしまわれたのかしら……」

誰かがちょっとわざとらしく呟くと、たちまちエレナは不機嫌な顔つきになった。

「きっと緊急案件ができたのよ」

そうよね、と娘たちが頷きあうなか、また別の誰かが今度は冗談ぽく言った。

「もしかしたら、ウサギちゃんのお世話に行ったのかもね」

「陛下はウサギを飼っていらっしゃるの？」

少しもっさりした雰囲気の少女が尋ねると、他の令嬢たちは一斉に鼻を鳴らした。

「やぁね、知らないの？　陛下が即位前からお側《そば》に置いている、得体の知れない娘のことよ。なんでも真っ白な髪と真っ赤な目をしてるんですって。年頃はわたしたちとそう変わらないらしいわ」

（……！）

レアは息を呑み、急いでヴェールを引っ張って顔を隠した。『ウサギ』というのはどう考えても自分のことだ。

「実は陛下の隠し子だったりして」

「まさかー！」

「ありえなくはないわよ。陛下は今三十三歳だから……」

（――ええと、わたしは今十八だから）

レアは眉根を寄せ、真剣に計算を始めた。

自分がもし本当にユーリの娘だとしたら……、彼が十五歳のときに生まれたことになる。

(よ、よくわからないけど、ありえなくはない……のかしら……!?)

ハッとしてレアはぷるぷると首を振り、ずれそうになったヴェールを慌てて押さえた。

(そんなわけないわ。わたしが実の娘なら、あんなことするはずないじゃない!)

ホッと胸を撫で下ろし、ふたたびレアは無責任な噂話《うわさばなし》に興ずる令嬢たちを横目で窺った。

不快そうな顔でエレナが言う。

「隠し子ではないようだって父が言ってたわ。なんでも街で馬車だか馬だかで引っかけてしまった孤児を引き取ったんですって」

「まぁ、お優しい〜!」

「見た目が珍しいから手元に置いてるだけでしょう。捨て犬を拾ったようなものよ」

「そうよね〜」

「……でも、聞くところによれば……とっても可愛らしい方なんですってよ」

誰かが砂糖で意地悪をくるんだような声音で呟いた。取り巻きのなかにも厭味を言う人はいるらしい。

エレナはあっさり挑発に乗って眉を吊り上げた。

「関係ないわよ! 珍しかろうが可愛かろうが、どこの馬の骨だか知れない女なのよ? 皇帝陛下の結婚相手になるわけないじゃない」

「そうよね」

「そのとおりだわ」

忠実な取り巻きたちがコクコク頷いた。しかし皮肉発言をした娘も食い下がる。

「ユーリ陛下は革命を経て新しい皇帝になったのよ？　身分のない娘と結婚してもかまわないんじゃないかしら」

「み、身分はいいわよ！　わたしの父だって爵位はないもの。……でもね！　いろいろな面で皇帝陛下のお役に立ってるわ。領地にしがみつくしか能のない、どこかの古くさい貴族とは違うのよ」

皮肉った令嬢はエレナをキッと睨んだ。隣の娘がとりなすように割って入る。

「それはちょっと言い過ぎよ、エレナ」

「リュドミラのお父様だって革命のときは一貫してユーリ陛下を支持していたわ」

「とても偉い学者さんなのよ」

周りの取り巻きたちは、どっちの側にもいい顔をしようと四苦八苦している。皮肉屋のリュドミラ嬢もそれなりの勢力を持っているようだ。

ふたりの間に挟まれたもっさり令嬢は、心をどこかに飛ばして居心地悪さを相殺しようとした。ティーカップを摘まみながら、「わたしも陛下と踊りたかったわぁ……」と独りごちる。

「──ともかく、ウサギは問題外よ」

「そうね」

きっぱりとエレナが宣言し、リュドミラは不穏な微笑を浮かべて頷いた。

会話に聞き入っていたレアは、一刀両断されてショックを受けた。

「由緒正しい貴族か、裕福な平民の、どちらかから選んでいただくのがいいでしょうね」

バチバチとふたりの間に火花が散る。エレナは思いっきり顎を反らして言い放った。

「なんなら勝負しましょうか？　どちらのお茶会に陛下がお越しくださるか！」

「いいですとも。言っておきますけど、陛下はわたしとだって踊ってくださったのよ」

「一回だけね！」

「みんな一回だったでしょうが！」

「わたしは二回。わたしだけは二回踊っていただいたの！　それをお忘れなく」

いつのまにか、平民代表・勝気令嬢VS貴族代表・知的令嬢の争いになっている。

レアはヴェールの陰からこわごわとふたりを観察した。

リュドミラという令嬢もエレナに負けず劣らず美人だった。こちらは黒髪で、明るい灰色の瞳をしている。体つきはエレナよりは直線的だが、全体に知的でおとなっぽい雰囲気だ。

どちらもレアとはまったくタイプが異なる。ユーリは両方と踊ったそうだが、エレナと二回踊ったということはエレナのほうがより好みなのだろうか。

確かにエレナは華のある美人で人目を惹くし、ユーリと並べばとても絵になりそうだ。一方のリュドミラ嬢は才女っぽく、落ち着いた雰囲気で皇妃としてふさわしい気がする。

それに引き換え自分は……、とレアは落ち込んだ。

ウサギ呼ばわりされるのは容姿だけが理由ではないだろう。きっとちまちまして弱そうだからそんなふうに揶揄《やゆ》されるんだわ……。

「あらあら。若い人たちは元気があっていいわねぇ」

レアの前に並んでいる老婦人が、張り合う令嬢たちを眺めてにこにこと感想を述べた。

「皇帝陛下はモテモテね。わたしもあと五十歳若ければ、張り切って参戦するところだけど。ねぇ、お嬢さん。あなたも……、あら？　どうしたの？」

ふらふらと列を抜け出すレアに気付いて老婦人が眉をひそめる。

「わ、わたし……、気分が悪いので、やっぱり今日は……やめておきます……」

「まぁ！　それじゃ、名前を書いておいてあげましょうか？」

「いえ……、ありがとう……、結構です……」

おぼつかない足どりで遠ざかってゆくレアを老婦人は心配そうに見送ったが、列が動き出したのに気を取られた隙にその姿は人込みに紛れてしまった。

ぼんやりとしたまま人の流れに乗り、建物の外に出る。そのままとぼとぼと足を進めるうちに、気がつけばレアは宮殿の外にいた。

「……あらっ⁉」

我に返って振り返ったときには、宮殿の正門は遥《はる》かに遠くなっていた。

カッシーニ家の屋敷から移ってきて以来、ひとりで宮殿の外に出たことはない。いや、カッシーニ屋敷にいたときはなおさら、世情が不安定だったこともあって籠もりきりだった。

急いで引き返そうとしたが、正門は出入りが別々になっていて、入るほうにはまた長い行列ができていた。

立派な馬車は次々に入っていくが、徒歩の人間は門のところで記帳が必要なようだ。がくりとレアは肩を落とした。

この様子では入るだけで何時間もかかりそうだ。なんとか居館にたどり着けても、アンナかメイジー夫人に、あるいは双方から大目玉を食うのは必至である。

そもそもひとりで出歩かないようにと言われているのに、カーヤを置いて勝手に出てきてしまった。今頃カーヤは真っ青になっているだろう。

少しでも早く帰るために列に並ぶべきとは思ったが、ふと街のほうを振り向くとすぐに帰っては惜しいような気もしてきた。

「……ちょっと散歩してみようかな」

もう革命は終わっているのだから出歩いたって危なくないはず。まだお昼過ぎだし、よく晴れて明るいし、人も大勢歩いているし……。

大丈夫な理由をあれこれ挙げ連ね、レアは思い切って門に背を向けて歩き始めた。

（この大通りは馬車で通ったことがあるわ）

ユーリと一緒に馬車で街を廻ったとき、公務ではないので出てきたのは別の門だが、ぐるっと廻ってこの大通りを走った気がする。ここは帝都の目抜き通りだから、キロンを代表する老舗や高級店が軒を連ねていて、華やかな店構えを見ているだけでも楽しい。

（そうだ！　あのお菓子屋さんに行ってみよう）

もう何年も前のことだが、ユーリと一緒に街の教会に行ったとき、帰りに菓子店に立ち寄った。滅多にない外出なので今でもよく覚えている。

宝石のように綺麗なゼリー菓子やいろいろな形のチョコレート、クッキー、焼き菓子などがショーケースにずらりと並んでいた。

なかでもレアが気に入ったのが、チェリージャムのゼリーが真ん中に入った、花の形のクッキーだ。ゼリーは甘いだけでなくちょっと酸味があって、周りのクッキーはサクサクした歯ごたえ。バターの風味が効いていて、口のなかでほろほろと溶ける。

想像しただけで唾が湧き、レアはこくりと喉を鳴らした。

並んでいる間に昼時を過ぎて、お腹が空いていたこともあり、あのクッキーが食べたくてたまらなくなった。レアは店の外観や看板をひとつひとつ確かめながら歩き始めた。

菓子屋は何軒もあったが、目当ての店はなかなか見つからなかった。

大通りの端近くまで来て、やっとそれらしい店があった。そこは大きな広場に面していて、広場からは放射状に大通りが伸びている。

ショーウィンドウに美しく並べられた様々な種類のお菓子のなかに、お目当ての花形クッキーがあった。

お花畑みたいに可愛くディスプレイされている。真ん中のゼリーは赤だけでなく、オレンジ色や黄色、緑や紫のものもある。

(きっと味が違うのね。全部食べてみたい……!)

ガラスに貼りつくようにして、レアはじーっとクッキーを見つめた。全種類買って、ユーリと一緒に食べたい。あのときのこと、ユーリは覚えているかしら……?

よし！　買おう！　と心に決め、店に入ろうとした瞬間、レアは重大なことを思い出した。

(お金……持ってなかった……！)

三重箱入りくらいに箱入りのレアでも、ものを買うときにはお金がいるということは知っていた。幼い頃、ユーリやアンナと本物の金貨や銀貨を使って『お店屋さんごっこ』をして、遊びながら学んだのだ。

しかし、ツケで買うということは教わらなかった。知っていたところで、一見客では断られただろうが。

可愛くて美味《おい》しそうなクッキーを眺めながら、レアは肩を落として溜息をついた。

買い物にお金がいることは知っていても、レアには財布を持ち歩く習慣がない。カーヤを連れていれば、金貨の一枚や二枚は非常時用として持たされているから多少高級なクッキーでも好きなだけ買えたのだが。それもまたレアは知らなかった。

（残念……。でも、お店の名前もわかったし、アンナに頼めばきっと取り寄せてくれるわ）

もう帰ろう、と思いつつ、未練たらしくクッキーを眺めていると、後ろから男の声がした。

「お菓子がお好きですか？　お嬢さん」

驚いて振り向くと、洒落《しゃれ》たテイルコート姿でトップハットを頭に載せた若い男性が微笑んでいた。二十代前半の、少し気取った感じがする優男だ。

なかなかの美形だが、もちろんユーリには遠く及ばない。

知らない人――特に若い男性と話すことに慣れていないレアは、緊張して後退った。

青年はにっこりと愛想よく笑った。

「よかったら奢《おご》りますよ。ここはどのお菓子も、店内で紅茶と一緒に食べられるんです」

その言葉には激しい誘惑を感じたけれど、いくら子どもっぽくても子どもではないレアは用心というものを知っていた。

それに、『知らない人に付いていってはいけない』と幼い頃からユーリに繰り返し言い聞かされている。レアにとってユーリの言葉はとにかく絶対だ。

「け、結構です……」

早口で言って、さっと踵《きびす》を返した。

本当にもう帰ろう。早く列に並ばないと、宮殿に入る前に門を閉められてしまう。

レアの背を眺めて青年はニヤリとした。周囲にはあまり風体のよくない男たちが何人かいて、青年が目配せすると彼らは頷いてさっと散って行った。

青年は悠々とレアの後を追って歩き始めた。

レアはまったく気付いていなかったが、先ほどから青年は店を覗きながら歩くレアをしげしげと観察していた。上品なドレスや繊細なレースのヴェールといった身形《みなり》からも、レアがどこかのお嬢様なのはすぐわかる。

ふつう、良家の令嬢は一人歩きなどしないものだ。小間使いや従僕、あるいは付き添い役の年長の女性を伴う。だが、たまに好奇心から付き添いを巻いてひとり歩きするお嬢様もいなくはない。

よい身なりで不用心に一人歩きしているレアは、たちの悪い遊び人にとって格好の獲物だった。

尾行《つけ》られていることに気付いたレアは、焦って足を速めた。

後ろを気にしながら小走りに宮殿に向かっていると、今度は前方から明らかに不穏な目つきの男たちが徒党を組んでやってきた。

後ろからは例の青年が怖い笑みを浮かべて大股に近づいてくる。ますます焦ったレアは手近な路地に飛び込んでしまった。それこそが彼らの狙いだったとも知らず……。

一本入っただけなのに裏路地は狭く、建物に遮られて日光があまり当たらなくて薄暗い。追ってくる足音が怖くて、後ろを振り返りながら小走りに歩いていると、前から来た人にぶつかってしまった。

それはただの通行人だったのかもしれないが、パニック寸前のレアはすっかり動転して、目についた細い路地に走り込んだ。

そうするうちにすっかり道に迷ってしまい、ますます焦る。

どっちに行けばいいのかと見回していると、後ろからぬっと腕が伸びてレアの口をふさいだ。

「……っ⁉」

「捕まえた」

くっくっと気持ち悪い声がして、菓子店の前で声をかけてきた若者がにたりと笑った。さっきの紳士気取りの微笑は跡形もなく、下卑た好色さが露呈している。

必死でもがくとヴェールが落ち、男は感心したように口笛を吹いた。

「こりゃあ珍しい。白い髪とは。あそこの毛も白いのか？　それに、目は赤……、赤紫か？　見ろよ、ウサギみたいじゃないか」

追いついた男たちがニヤニヤしながらレアの顔を覗き込む。

「こいつぁいい。珍しもの好きに受けそうだ。旦那、味見が済んだらお下げ渡しくださいよ。きっと高く売れる」

「わかってるさ。押さえてろ」

何本もの腕が伸び、レアの口や腕を拘束する。

必死でもがいたところで非力なレアが敵《かな》うわけがない。寄ってたかって手近な建物の薄汚れたレンガ壁に押し付けられ、ドレスの裾を腰まで捲《まく》り上げられる。

もしクリノリンを付けていなかったら、あっというまに秘部を剥き出しにされてしまっただろう。下に穿《は》いたドロワーズは股間が縫い合わされていないのだ。

クリノリンを外そうとしてうまくいかず、男は忌ま忌ましげに舌打ちした。

「おい、ちょっとそこの手をどけろ」

手下が命令に従い、わずかながら拘束がゆるんだ瞬間。レアは無我夢中で男を蹴り飛ばした。

思いがけない反撃に、優男が尻餅を付く。

驚く手下どもの手を振りきって、レアは駆けだした。

「待て！」

怒号に背を押されるように、さらに足を速める。どちらに逃げたらいいかなど考えている暇もない。とにかく遠ざかりたい一心で走った。

しかし裏路地は舗装が悪く、敷石もでこぼこしている。さほど行かないうちにレアは路面のくぼみに足を取られて転倒してしまった。

急いで起き上がろうとするとズキッと足首に痛みが走った。転んだときに挫《くじ》いてしまったようだ。よろよろと立ち上がったが、後ろから荒々しい足音が迫ってきて、焦るあまりまた倒れ込んでしまう。

「手間をかけさせやがって……」

完全に悪党の本性を表わした優男が怒りに赤黒くなった顔をゆがませる。

ずんずんと大股で近づいてくる男たちに青ざめ、レアは必死に這いずった。

と、横手から何かがサッと背後に割り込む気配がして、男たちの足が急に止まった。

「おやめなさい。そのようなふるまいは神がお赦しになりませんよ」

凛《りん》とした声が鞭《むち》のように響く。低めの女性のようにも、やや高めの男性にも思えるその声の持ち主は、振り向けば黒い被り物《ウィンプル》に黒い尼僧服をまとった修道女だった。

路面に座り込んで見上げているせいか、とても背が高く見える。買い物の途中らしく、左腕に大きなバスケットをかけている。

突然の修道女の出現に、男たちはたじろいで舌打ちをした。悪党でも多少の信仰心はあるのか、優男は気まずそうな微笑を浮かべるとトップハットの鍔《つば》に指を添えて会釈した。

「シスター、何か誤解なさっているのでは？　我々はそのお嬢さんが道に迷っているようなので、表通りまで送ってさしあげようとしただけですよ」

「それは失礼。でしたらその役はわたくしが引き継ぎましょう。あなたがたの親切な行ないを、神は必ずや見そなわしておられます」

悪党どもは曖昧な笑みを浮かべて頭を下げると、いかにも心残りそうな一瞥《いちべつ》をレアに投げて去っていった。

「――大丈夫？」

バスケットを置き、跪いたシスターが心配そうに尋ねる。鮮やかな青い瞳がじっとレアを見つめていた。

年齢は二十代後半か、あるいは三十代前半だろうか。被り物《ウインプル》で髪の色はわからないが、眉や睫毛からすると金髪か茶色のようだ。レアは急いで身を起こした。

「は、はい。ありがとうございます」

「あなた……⁉」

顔を覗き込んだシスターは大きく目を瞠り、まじまじとレアを見つめた。あまり見かけない容姿に驚いたのだろう。

それにしても、食い入るように凝視されると何か付いているのかと心配になって、思わず自分の顔を探ってしまう。

「あ、あの、何か……？」

「――ごめんなさい。ちょっと驚いてしまって。気を悪くしないでね」

気を取り直したシスターは気まずそうに微笑んだ。

「大丈夫です。あの、ありがとうございました」

もう一度礼を述べるとシスターは軽くかぶりを振って苦笑した。

「あなたのようなお嬢さんが、こんなところを一人歩きしちゃだめよ。場末ってほどじゃないけど、さっきみたいな怪しい連中もうろうろしているから」

「すみません。大通りを歩いていたら変な人に声をかけられて……、逃げようとしたら迷い込んでしまいました」

「災難だったわね。これに懲りたら一人歩きはしないこと。いいわね？」

「はい……」

「表通りまで送るわ。立てる？」

頷いて立ち上がろうとすると右足首に激痛が走った。

「いっ……！」

「挫いたの？　見せて」

座り込んだレアの足首をそっとさすってシスターは嘆息した。

「やっぱり挫いたんだわ。けっこう腫《は》れてるわね。……辻馬車《つじばしゃ》を捕まえるにも、馬車が通れる道まで出るには少し歩かないといけないし」

シスターは額に手を当てて考え込む。レアはますます自分が情けなくなって肩をすぼめた。まったく自分はどうしてこう人に迷惑ばかりかけてしまうのだろう……。

「――まずは手当てが必要ね。うちの教会へ行きましょう。そっちのほうが近いわ。どっちにしろこの足で長く歩くのは無理そうだし」

「すみません……」

「謝ることなんてないわ。さ、わたしに掴まって」

親切なシスターに支えられて、よろよろとレアは歩きだした。

この辺りには詳しいらしく、修道女は迷いのない足どりで何度も角を曲がって進んでいく。

彼女はマドレーンと名乗った。レアは名前だけを告げたが、シスターは頷いてそれ以上は尋ねなかった。

「迷路みたい……」

周囲を見回しながら呟くとシスター・マドレーンは頷いた。

「ここら辺は革命前のままなの。表通りは綺麗に修復されて新しい建物も増えたけど、裏通りはこういう昔ながらの狭い路地が入り組んだ場所が多いのよ。気をつけないと、一歩入れば別世界なんだから」

「そうなんですね」

レアは自分の無知を恥ずかしく思いながら頷いた。

ユーリと一緒に街を廻ったときは、綺麗な大通りだけを見てはしゃいでいたのだ。

今歩いている辺りは古い建物がひしめき合い、狭い路地は中心を走る細い水路に向かって傾斜している。片側はふたりがくっついて歩くのにギリギリの幅しかない。

高い建物に挟まれているため陽射しもほとんど届かない。

見上げれば建物の間に渡されたロープから洗濯物がだらりと垂れ下がっていた。

レアが見たこともなければ想像したこともなかった世界だった。

華やかな目抜き通りは宮殿の延長と言ってもよかったが、路地の奥はまるで異次元だ。

すでに完全に迷っていたうえに、太陽が見えなくて方角さえわからない。何度も角を曲がって、自分が宮殿に近づいているのか遠ざかっているのか、まったく見当がつかなかった。

「さぁ、着いたわよ」

励ますようなマドレーンの声に顔を上げると、目の前に古びた教会があった。革命時に襲撃されたのか、建物はかなり傷んで壁は一部が崩れ、階段も少し欠けている。

入り口の扉は開いていた。

その前で遊んでいた数人の子どもたちが、マドレーンに気付いて歓声を上げた。

「シスター！　お帰りなさーい！」

たちまちわらわらと子どもたちが駆け寄ってくる。

つぎの当たった衣服は清潔そうで、顔や手足も薄汚れた感じはしない。

「ただいま。みんな、楽しく遊んでた？」

「はーい」

全員が笑顔で声を揃《そろ》えて飛び跳ねた。

「シスター、このひと誰？」

「このひとも教会で暮らすの？」

無邪気な問いにマドレーンはかぶりを振った。

「怪我《けが》の手当てをするのよ。あなたたちはもう少し外で遊んでなさい」

はーい、とまた声を揃え、子どもたちは地面に絵を描いたり、石蹴り遊びなどに戻った。

レアはマドレーンの肩に掴まって教会のなかへ入った。正面の祭壇の上には薔薇窓があって、青を基調とした光を投げかけている。宮殿の礼拝堂のような壮麗さはもとよりなく、略奪にあったのかガランとして、いくつかの窓は板でふさがれていた。

シスター・マドレーンはレアを司祭館のキッチンへ連れていった。キッチンには大きな木のテーブルがあり、形も大きさもまちまちな椅子がいくつか置かれている。そのひとつにレアを座らせると、シスターはレアの靴を脱がせて慎重に足首の具合を確かめた。

「腫れがひどくなってるわね。痛むでしょう？」

「はい……」

やはり歩いたのが響いたのか、挫いた箇所は熱を持ってズキズキと疼いている。

「とにかく冷やすのが先決ね。打ち身の薬がどこかにあったはずだけど……、どこだったかしら」

マドリーンは水で濡らした布を固く絞ってレアの足首に巻き付け、薬を探し始めた。

ほどなく薬は見つかり、何度か布を水で冷やし直しながら傷めた足首の熱を取ると薬を塗って包帯をきつめに巻いた。

動かさないようにと言われ、レアは素直に頷いた。

「――さて、と。痛みがひどくなるようならお医者さんを呼んでくるとして、とりあえず様子を見ましょうか。馬車を呼んできてあげたいけど、ここまで入って来られないのよね。途中の道が狭くて……。ともかく、おうちの人を呼んだほうがいいわね」

「あ、あの！　すみません、しばらくここに置いていただけないでしょうか……」

「痛くて動けない？」

「じゃなくて……。その、ちょっと……」

「連絡しないと心配するんじゃない？」

「ええ……」

言いよどむと、目をぱちくりさせたシスターが嘆息した。

「もしかして、家出してきたの？」

「え。いいえ、あの……」

なんと言ったらいいのかレアは迷った。

シスターの言うとおり連絡すべきとは思う。きっとみんな心配しているだろう。しかし連絡するにしても宮殿へ行ってくれとは言いづらかった。

どうせ怒られるなら、せめて自分の足で歩いて帰りたい。

「わかったわ。とにかく今日は泊まりなさい。明日、足の具合を見てから決めましょう」

「ありがとうございます！」

礼を言ったとたんお腹がきゅるると鳴ってレアは赤面した。

マドレーンは苦笑して立ち上がった。

「何か食べる？　といっても、すぐ出せるのは売れ残りを譲ってもらったパンと、昼の残りのスープくらいだけど」

なんだろうと食べさせてもらえるならありがたい。

シスターは鍋をストーブの上に置き、籠のなかから固そうな丸パンを取り出した。

籠のなかには他にもいろいろな食品が少しずつ入っていた。あちこちの店を廻って売れ残りを譲ってもらったり、安く買ったりするのだそうだ。

「うちには食べ盛りの子がたくさんいるから」

教会の入り口で遊んでいた子どもたちを思い浮かべ、レアは尋ねた。

「あの子たち、ここで暮らしているんですか？」

「みんな親がいないのよ。路上生活してたのを、司祭様が引き取って面倒見てるの」

実際に見てるのはわたしだけどね、とマドレーンはおどけて片目をつぶった。

（わたしと同じような子どもたちなんだわ……）

レアはきゅっと唇を噛んだ。自分はたまたまユーリが拾ってくれたおかげで何不自由なく育ったけれど、そうでなければ……。

「中には金持ちの馬車にわざとぶつかったり、馬の前に飛び出すような子もいてね」

「わざと……？」

「示談金をせしめるのよ。金持ちは面倒事を避けたがるから。でも、そんなことをしてたら、本当に事故になって大怪我《おおけが》するか、下手をすれば命だって失いかねないわ」

はぁ、と眉間にしわを寄せてシスター・マドレーンは溜息をつく。レアは青ざめた。

（……もしかしたら、わたしも……⁉）

そういう危ないことをしていたのかもしれない。お金目当てで、騎馬のユーリの前に飛び出したのだろうか。そしてシスターの言うとおり本当の事故になって、記憶を失った……。

（もしそうだったら、どうしよう……⁉）

レアの顔色に気付いたマドレーンが心配そうに尋ねた。

「どうしたの、そんなに蒼くなって。足首、痛む？」

「あ……、いえ、大丈夫です……」

我に返って慌ててかぶりを振る。

「何かお腹に入れたほうがいいわね」

シスターは温まったスープを碗《わん》に注ぎ、木のスプーンを添えて勧めてくれた。塩で薄味をつけただけのシンプルなえんどう豆のスープだが、空腹のせいかとても美味《おい》しく感じられた。

固いパンもスープにつけて食べれば問題ない。

食事が済むとシスターは乾燥させたミントとカモミールでお茶を入れてくれた。

ふたりでお茶を飲んでいると、黒い司祭服の男性がキッチンに入ってきた。

「あ、司祭様。お帰りなさい」

「ああ――」

頷いた司祭がレアを見てギョッとしたように足を止める。振り向いたレアもぎくりと固まった。司祭は顔の下半分が濃灰色の髭《ひげ》で覆われ、目には丸い黒眼鏡をかけていたのだ。

人相がまったくわからない上にかなりの大男で、後ろ足で立ち上がった熊を連想させる。

硬直するレアにシスターが苦笑した。

「怖がらなくて大丈夫よ、司祭様はとってもいい方なんだから」

「あ……、すみません。お邪魔……してます……」

ぎくしゃくと頭を下げると、司祭のほうも我に返った様子で会釈した。

「いらっしゃい」

「こちら、この教会を預かっているカルナック司祭よ。司祭様、こちらはレアさん。道に迷って足を挫いてしまったので、手当てのためにお連れしたんです」

「ああ、そう……」

どこか上の空で司祭は頷いた。

「それで、レアさん、ちょっと事情がおありのようで……、しばらくここに滞在なさりたいそうなんですけど」

「え」

黒眼鏡の奥からじっとレアを見つめていた司祭は、マドレーンの言葉に困惑したように唇をゆがめた。

(やっぱりご迷惑よね……)

レアは肩をすぼめた。だめだと言われたらどうしよう……。

そんなレアを横目でちらと窺い、シスターは続けた。

「かなり腫れてるし、無理に動かさないほうがいいと思うんです。とりあえず明日まで様子を見てはどうかと」

「……そうだね。そのほうがいいだろう」

カルナック司祭は落ち着かない様子ながら、それ以上は問《と》い質《ただ》さなかった。

レアはホッとして礼を述べた。

この教会にはカルナック司祭とシスター・マドレーン、六人の身寄りのない子どもたちが暮らしていた。子どもたちは一番年長が十二歳の男の子で、一番下はまだ五歳の女の子だ。

その日の夕食は、市場で売れ残ったジャガイモとカブにいろいろな野菜くずと薄いベーコンの切れっ端を入れたスープだった。食事は大体いつもこんな感じのごった煮だそうだ。

育ち盛りの子どもたちの食欲は旺盛で、マドレーンがあちこち廻って集めてきた食料をあらかた食べ尽くしてしまった。

自分が加わったせいでそれぞれの取り分が少なくなってしまい、申し訳ない気分になる。

後で絶対にお礼をしなければ。

翌朝には足首の腫れはだいぶ引いていた。

しかし体重がかかるとやはり痛い。壁にすがるか杖《つえ》でもつかないと自力歩行は難しかった。

せめてひとりで歩けるようになってから帰りたい。シスターに頼み込み、どうにか数日のあいだ司祭館に置いてもらえることになった。

「ただし明々後日《しあさって》までよ？　それ以上いてもいいけど、その場合はおうちの方に連絡させてもらいますからね」

はい、と素直にレアは頷いた。明々後日までにはなんとか歩けるようになるだろう。

だめならアンナを姉ということとして、連絡を取ってもらう。

嘘をつくのは気が進まないが、自分の立場をどう説明していいやらわからなかった。姉が宮廷で女官勤めをしていると言えば、怪しまれることはないはずだ。

ただでさえ食料が足りてないのに、タダ飯を食べさせてもらうわけにはいかない。なんといっても『働かざるもの食うべからず』はレアの信条なのだ。

歩き回れないので、キッチンで座ってできる料理の下ごしらえを頼まれた。

まずはジャガイモの皮むきを任されたのだが、刃物を扱う手つきのおぼつかなさと、剥《む》いた皮の厚みにすぐさま豆を莢《さや》から取り出す作業に変更された。

カルナック司祭は非常に無口だが、悪い人ではなさそうだった。ずっと黒眼鏡をかけたままなので、未だに顔立ちは不明だ。

マドレーンから聞いた話では、以前怪我をして、光が目に沁《し》みるらしい。

時々、黒眼鏡の奥からしげしげと見られているような気がして落ち着かなかったが、街で遭遇した悪党のような害意は感じない。

空いた部屋がないので、シスターの部屋で寝起きさせてもらった。風呂はなく、盥《たらい》で行水も足首が痛くてできない。やむをえずお湯に浸した布で身体を拭き清めて我慢した。

教会に転がり込んで三日目。キッチンテーブルで子どもたちの衣服を繕いながら、ここにいられるのもあと一日だけか……とレアは溜息をついた。

「……足、痛みますか」

低い声でカルナック司祭が尋ねた。彼はテーブルの反対側で豆のよりわけをしていた。マドレーンは買い出しに出かけている。

「いえ、大丈夫です。もうだいぶよくなりました」

緊張しつつ答えると、司祭は頷いて作業に戻った。

外見はやや不気味だが、マドレーンの言うように、確かに悪い人ではないようだ。

孤児たちの面倒を見るだけでなく、近所の子どもたちも加えて読み書きを教え、教会の壊れた部分を黙々と修復し、祭壇の前に額付いて真摯に祈りを捧げる姿から真面目な人柄が窺える。

（お世話になったお礼は何がいいかしら）

やはり食料だろうか。それと、子どもたちの衣服。教会の修復費も必要だろう。

お礼をするにも、結局はユーリに頼るしかないのが情けないけれど……。

（陛下、怒ってるわよね……）

ユーリの怒った顔はあまり見た覚えがないので、うまく思い浮かばない。

ちくちくと針を動かしながら——裁縫を習っておいてよかった——つらつら考えていると、教会に続くドアがノックもなしに荒々しく開いた。

顔を上げたレアはぽかんとした。

今まさに想像していたとおりの怒れるユーリが、そこに仁王立ちしていた。

第五章　熱いお仕置きに蕩けて

振り向いたカルナック司祭が、慌てて椅子から立ち上がる。

「なんですか……」

「その娘を迎えに来た」

ユーリは司祭には目もくれず、ぴしゃりと返して右手を差し出した。

「帰るぞ、レア」

「は、はいっ」

レアは条件反射的に立ち上がったが、焦ったせいで傷めた足首に体重がかかってしまった。

呻いて椅子の背を掴むと、ユーリは驚いて駆け寄った。

「どうした⁉」

躊躇《ちゅうちょ》なく裾を捲り、包帯の巻かれたレアの足首を見て険しい顔になる。

「怪我してるのか」

「転んで挫いてしまったんです。それを、この教会の方に助けていただいて……。無理にお願いして置いてもらったんです」

カルナック司祭が責められてはいけないと、レアは必死に訴えた。

ユーリはレアの顔を怖いほど真剣な顔でじっと見つめ、ようやく司祭に向き直った。

立ちすくんでいた司祭は気圧《けお》されたようにおどおどと後退った。髭のあいだから覗いているやや厚めの唇が青ざめ、細かく震えている。

一見熊のようだが、案外気が小さいのかもしれない。

ユーリの顔からはすでに怒りの表情は消えていたが、穏やかとは言い難かった。不穏な気配が背中からも伝わって、レアはびくびくと様子を見守った。

司祭はユーリの顔を真正面から見ると、ぽかんと口を開けた。

「あ……、あなた、は……」

かすれ声で呟く司祭に対し、ユーリはかすかに眉を寄せると口の端で形ばかり微笑した。

「——ご厚意に感謝する。礼はまた改めて後ほど」

そっけなく言い放ち、彼は有無を言わさずレアを抱き上げた。

「ひゃっ⁉　へ、へい……」

「黙れ」

ぴしゃりと命じると、棒立ちになっている司祭を無視して、ユーリは大股に司祭館を出た。

入り口で控えていたイリヤがさっとつき従う。

視線が合うと、彼は『おとなしくしていたほうがいい』と目顔で伝えてきた。レアは小さく頷いた。

教会の前には二頭立ての黒い箱馬車が停《と》まっていた。公務で使う紋章入りのものではなく、飾り気のない黒塗りの馬車で、艶やかな毛並みの黒馬の脇に立っているのはカッシーニ家時代からのお抱え御者だ。

教会の子どもたちが、物珍しげに馬車の周囲に群がり、一番年長の少年が立派な軍馬の手綱を握り、得意げな顔で番をしている。イリヤが乗ってきた馬だろう。

うやうやしく御者が馬車の扉を開け、レアを奥に押し込んだユーリが乗って扉が閉まる。窓越しにユーリが頷いてみせると、御者はただちに御者台に上り、ぴしりと手綱を鳴らした。

なめらかに馬車が動き出す。レアは馬車の窓に顔を押し付けた。

進行方向に対して逆向きに座っていたレアの視界に、少年に硬貨を渡して馬にまたがるイリヤの姿が映った。子どもたちが無邪気に手を振っている。

レアは急いで窓を開け、子どもたちに向かって叫んだ。

「シスター・マドレーンによろしく……、ありがとう、って……！　みんなも元気で……」

はーいと、元気な声が返ってくる。

見送る子どもたちの顔は少し寂しげに思えて、切なくなった。

角を曲がって、すぐに教会は見えなくなった。

窓を閉めて座席に座り直すと、黙ってレアを見つめていたユーリが不機嫌そうに呟いた。

「シスター・マドレーン？」

「あ……。わたしを助けてくれた人です。あの教会に連れていって、手当てをしてくれたの」

冷ややかな水色の瞳をじっとレアに注いだまま、ユーリは小さく鼻を鳴らした。

気まずくなってレアは窓外に目を逸らした。

狭い路地は馬車の幅ギリギリだ。

ふとマドレーンの言っていたことを思い出してレアは呟いた。

「馬車、教会まで入ってこれないって……」

「御者の腕がよければ入れる。うちのカールはベテランだ。──ま、辻馬車は料金を大幅に上乗せでもしないかぎり入りたがらないだろうな」

そういう意味だったんだ、と納得してレアは頷いた。舗装が悪いので時々大きく揺れるものの、御者は巧みな手綱さばきで危なげなく馬車を進めてゆく。

やがて道幅が少し広がり、周囲が明るくなった。壁にぶつかる心配がなくなってホッと吐息を洩らすと、それまで黙り込んでいたユーリが低く尋ねた。

「何故逃げた？」

ぎく、とレアは肩をすぼめた。こわごわ窺うとユーリの水色の瞳は見たこともないほど冷たかった。それでいて瞳の奥には不穏なものが揺らめいている。

（お、怒ってる……）

当然だとわかっているが、ユーリに叱られたことはあっても、怒りをぶつけられた覚えはないので狼狽《ろうばい》してしまう。

「逃げたわけでは……」

「じゃあ、なんだ。誰にも何も言わずに宮殿を抜け出して、冒険ごっこのつもりか？」

「違います！　出て行こうと思ったわけじゃないんです。ただ、気がついたら外に出てしまっていて……」

「なんだ、それは」

眉間にしわを寄せて問い質され、仕方なくレアは宮殿の外にさまよい出た顛末《てんまつ》を打ち明けた。ぼーっと歩いていたら外に出ていたなんて、馬鹿みたいで言いたくなかったのに。

話を聞いたユーリは憮然と鼻を鳴らした。

「出口にも柵を作るべきだな。……ふむ。家畜の脱走防止用の回転柵を応用すればいいか。出て行く奴に用はないと思っていたが、そうでもないな」

自分が家畜扱いされたようで悲しくなる。

もちろんユーリにそんな意図はないのだろうけど……。

じわっと瞳が潤んでしまい、それを隠そうと深くうなだれた。

しばらく沈黙が続き、ゴトゴトと馬車の揺れる音だけが車内に響いた。

やがてユーリがぽつりと呟いた。

「……俺とのことが、そんなにいやだったのか」

驚いて顔を上げると、彼は眉を垂れてレアを見つめていた。

いつのまにか怒りはすっかり影をひそめ、代わりに後悔の念が色濃く現れている。

思ってもみなかったことを言われて呆気《あつけ》にとられているうちに、ユーリはますます打ちのめされた顔になって呻いた。

「俺が嫌いになったんだな……」

「――っ！　ち、違います！」

レアは焦ってぶんぶん首を振った。自分が情けなく、気まずくもあり、適当に端折《はしょ》って――令嬢たちの言い争いなどは全面カットで――説明したのだが、どうやら端折りすぎたようだ。

「嫌いになるなんて、ありえません！　絶対絶対、そんなの、ありえないっ――」

潤んだ瞳をぎゅっとつぶって、さらに激しく左右に首を振り続けているとユーリが腕を伸ばしてレアの手を掴んだ。

「もういい、やめろ。首がもげる」

言われて頭を振るのをやめると眩暈《めまい》がして、ふら～っと座席に倒れ込みそうになる。

ユーリは慌てて席を移り、レアを抱き留めた。

「わかった、わかったから」

「へ、陛下を、嫌いになっ、たり、っしま、せんっ……！」

喘ぎながら切れ切れに呟くとなだめるようにぽんぽん背中を撫でられた。

「わかったよ。意地悪を言って悪かった」

耳になじんだ優しい声。ツンと鼻の奥が痛くなって、彼の胸に顔を埋めて唇を噛む。

懐かしい香り。背中を撫でる大きな手がもたらす安心感。たった三日離れていただけなのに、どれほど寂しく感じていたのか、彼の体温を感じたとたんに思い知る。

「……ごめ……なさ……っ」

「もういい」

囁いて、ユーリはレアを抱きしめた。

宮殿に帰り着くまで、何も言わずにただ抱き合っていた。


馬車は幾つかある側門のひとつから宮殿に入り、目立たぬルートを通って居館に到着した。

安堵に目を潤ませるメイジー夫人やアンナと挨拶を交わす暇もなく、ユーリはレアを浴室へ引っ張っていった。

「とりあえず湯浴みしろ。しばらく風呂に入ってないんだろう？」

「く、くさいですか……？　身体は毎日拭いてたんですけど……」

「別に臭くはないが。点検する」

「てん……？　――え？　あの……、陛下！　自分で脱ぎますっ……」

「おとなしくしてろ」

ぴしゃりと言われ、しょんぼりと眉を垂れて抗《あらが》うのを諦めた。

やっぱりまだユーリは機嫌が悪い。下手に逆らわないほうが無難だ。

いつもよりもずっと早く、風呂の用意が整ったと侍従がすっ飛んできた。命じたときの口調から、皇帝のご機嫌がよろしくないことは充分伝わったようだ。

ユーリは召使を全員追い出し、全裸に剥いたレアをベッドの縁に座らせた。赤面して胸と下腹部を手で隠すと、足元に跪いたユーリは慎重な手つきでレアの足首に巻かれた包帯を外した。だいぶ引いたがまだいくらか腫れている。ユーリは眉をひそめてそっと足首を指でなぞった。

「……痛むか？」

「少し……。もうだいたい大丈夫ですけど……」

「しばらくは外出禁止だ」

にべもない命令にもレアはおとなしく頷いた。仕方がない、自業自得だ。

ユーリはレアを抱き上げ、浴室へ運んでいった。彼自身は上着と長靴《ブーツ》を脱いだもののシャツとズボンはそのままだ。

たっぷりと湯をたたえた猫脚のバスタブのなかに、そっと下ろされる。

「陛下！　お袖が濡れてしまいます」

「どうせ脱ぐからいい」

こともなげに言われてレアは赤くなった。

ユーリは腕まくりすると大きな海綿にオリーブ石鹸《せっけん》をこすりつけてモコモコに泡立て、レアの首筋から念入りに洗い始めた。

湯のなかで泡が消えるとふたたび石鹸で泡立て、くまなく全身に滑らせる。

無理にこすられているわけではないから痛くはないが、人に洗ってもらうのはなんともこそばゆいというか、くすぐったいというか……。

そのうちに浴槽は泡だらけになり、レアの裸体も泡に隠れてしまった。

ユーリは海綿を放り投げ、素手でレアの肌を撫で始めた。

「へ、陛下。もう綺麗になったと思いま、す……！」

ぞくっとした感覚が走り、反射的に唇を噛む。ユーリは皮肉っぽい笑みを浮かべて囁いた。

「点検は素手でやらないとな」

「んっ……」

乳房を鷲掴《わしづか》みにされ、レアはびくりと肩をすぼめた。

濡れることなどお構いなしに両腕を浴槽に突っ込んだユーリはすでに胸元までびしょびしょに濡れて、シャツが肌に貼りついている。

彼が身じろぐたびにしなやかな筋肉が動く様がまた妙にセクシーで、どぎまぎと目を逸らしつつ、ちらちら横目で窺ってしまう。

彼は乳房の形を確かめるように掌全体を使って撫《な》で回《まわ》し、やわやわと揉みしだきながら乳首を摘んで左右に紙縒《こよ》った。固く尖った先端をこりこりと押しつぶされると、どうしようもなく性感が昂《たかぶ》ってレアは喘いだ。

大きく円を描いて捏ね回され、バシャバシャと盛大に湯が跳ねる。

ついに我慢しきれなくなり、レアは口を開けて喘いだ。

「はぁっ、あん……っ、やぁ、あっ……」

ふっと笑みを洩らしたユーリが唇を押し付ける。噛みつくような荒々しいキスに滲《にじ》んだ涙はすぐに湯に紛れた。

「んッ、ふ……、んぅ」

くちゅくちゅと舌を探られ、きつく絞られてさらに瞳が潤む。

レアは彼の濡れたシャツに手を伸ばし、無我夢中ですがりついた。

口腔を責《せ》め苛《さいな》みながらユーリは乳房から離した手を下腹部へと滑らせた。レアの脚は自然に開き、ゆらめく淡い茂みのなかへ男の指を招き入れた。

海綿で優しく撫でられた谷間を、今度は指で丹念に清められた。ふっくりとした淫唇の内側をV字にした指でなぞられ、張り詰めつつある媚蕾を摘んで揺さぶられる。果ては後ろの繊細な窄まりまで、指先でほぐすようにこすられた。

洗われているのか愛撫されているのかすっかりわからなくなり、ただもう夢中になってしがみつき、くちづけに応えた。

ユーリはレアの舌を吸いながら手さぐりで浴槽の栓を抜いた。

濁った水が排出され、水位がどんどん下がる。剥き出しになったレアの肌を扱くように掌でぬぐい、ユーリはコックをひねって湯を出した。

温度を調節して栓をすると、彼はふたたびレアの唇をふさいだ。

ほどよく湯が溜まるまで執拗《しつよう》に口腔を犯し、濡れたシャツとズボンを脱ぎ捨てて浴槽に身を沈めるとレアを浴槽の縁に座らせて大きく脚を開く。

「やっ……!?　何を……」

ぐっと鼻先を押し付けられてレアは真っ赤になった。

「……他の男の匂いはしないな」

くぐもった声で呟き、彼は秘処を強引に舐め始めた。

「ひぁっ、あっ、やぁンっ……」

浴槽の縁を握りしめ、レアは激しくかぶりを振った。時折じゅっと吸い上げながら舌を突き入れ、ねぶり回される。容赦のない刺激にレアはあっさりと達してしまった。

「くひ……ッ」

喘ぎながら下腹部を痙攣させていると、ユーリは無造作にレアを抱き寄せ、膝の上に座らせて唇をふさいだ。濃厚なくちづけにクラクラと眩暈がする。

腰に当たっている彼の雄が急速に固くなるのが如実に伝わってきた。初めて彼に抱かれたとき、この浴室でも行為に及んだことを思い出して、レアの官能はますます煽られた。

ユーリの指が蜜口を弄り始める。洗うのではなく、今度は完全に性感を刺激している。湯に浸《つ》かっていても、誘いだされた蜜で彼の指先がぬめっているのがわかり、レアは息を弾ませた。

彼を迎え入れたのは二回だけなのに、レアの花筒はそのときの愉悦をしっかりと覚え込み、また欲しいと淫らに疼いた。

ねだるように腰が揺れ、彼の指にふくらんだ花芯を擦りつける。

ユーリはかすかに笑い、くぷりと第一関節まで蜜孔にもぐり込ませた。

入り口を探りながら耳元で囁かれる。

「欲しいか?」

「ん……」

羞恥をこらえてこくこくと頷いた。

「どこに」

「あ……、奥処《おく》……、ずっと奥まで……挿《い》れて……っ」

くすりと笑ってユーリは指を進めたが、第二関節でまた止めてしまった。

「やっ……、もっと……！」

「欲しければ、出ていった理由をちゃんと言え」

「も……、言っ、た……でしょ……!?」

「全部は言ってないだろう。何故、面会の予約をやめた？」

「な……、なんとなく……」

「はっきり言いなさい」

叱りつけるように言ってユーリは指を抜いた。

「やぁっ……」

腰を振って抗議すると、ユーリはそそり立つ太棹をレアの蜜口に押し当てた。張り出した先端だけが媚孔にもぐり込む。

そのまま初めてのときのように腰を落とそうとしたが、両手で腰骨の辺りをがっちりと掴まれて動けない。

期待したぶん、途中で止められてせつなさが倍増した。

レアはユーリの首に腕を回してすがりついた。

「言うっ……、言う、からぁ……」

頼りなくすすり上げながら、令嬢たちの言い争いを立ち聞きしたことをどうにかこうにか告げた。ユーリはレアの腰を掴んだまま眉をひそめた。

「そういえばあの日、ふたりの令嬢から自宅での茶話会に招待されたな。確かに同日、同時刻だった」

「ど……、どっちに……行った……の……？」

おずおずと腰を振りながらレアは尋ねた。

「どっちにも行ってないし、どっちにも行かない」

「でも……、二回踊ったひと……気に入ったんじゃ……？」

「覚えてないな。二回踊ったかもしれないが、それはやたらと押しが強かったせいだろう。俺は一番前に出張ってきた女性の手を取っただけだ」

ふたりの令嬢が聞いたらさぞ憤激しそうなことをさらりと言って、ユーリはレアの額にくちづけた。

「誰と踊ってもレアの顔ばかり思い浮かんで、覚える暇がなくてな」

彼はくすりと笑い、腰を掴む手をゆるめた。ぬぷっ……と怒張が蜜襞を掻き分ける。濡れた隘路は抵抗なく雄の侵入を受け入れ、熱杭《くい》に穿たれる快感にレアは甲高い嬌声を上げた。

「はぁっ、あん……っ」

「……俺が欲しいのはレアだけだ」

「ん……ッ」

甘い囁き声に、ぶるっとレアは震えた。花弁が戦慄き、沸き上がる愉悦に下腹部が疼く。

うっとりと恍惚《こうこつ》を味わい、レアはユーリの胸にもたれて吐息をついた。

武骨で優しい手が、ゆっくりと背を撫でる。

湯気と涙で濡れた睫毛を瞬き、レアは囁いた。

「……ユーリの側に、いても……いい……？」

「そうしてほしいと、俺が頼んでる」

「でもわたし……、ユーリの役に立てないから……」

「俺の耳かき係だろう？　他の者にはできない役目だ。他の誰にも、絶対にやらせない」

「……っ」

レアはぎゅっとユーリに抱きついた。

「させないで」

「ああ」

力強い囁きに喜びが込み上げ、レアは彼の耳にそっとキスした。

ふたたび唇を合わせ、舌を絡ませながら密着した腰を揺り動かす。

抽挿が激しくなるにつれて湯が跳ね、大理石の床に飛び散った。

ユーリが呻き、熱い飛沫が蜜襞に注がれる。

まだ固い己を引き抜くと、彼はレアをふたたび浴槽の縁に座らせて脚を開かせた。

愛蜜まじりの白濁がとろりとこぼれ落ちてくる。彼はそれを指に絡め、奥へと押し込むようにずぷずぷと指を抽挿した。

「んっ、んっ、あんっ……！」

痙攣の収まらない花弁がひくひくと戦慄き、ふたたび絶頂が訪れる。

ユーリはレアを促して四《よ》つん這《ば》いにさせ、未だ猛《たけ》ったままの太棹を背後から挿入した。

彼が腰を打ちつけるたび、濡れた肌がぶつかってパンパンと淫らな音が浴室に響く。

レアは浴槽の縁を掴んでお尻を突き出し、乳房を揺らして喘いだ。

腿の半ばで湯が波立ち、パシャパシャ揺れる。焦点の合わない瞳でぼんやりと水面を見下ろしながら、レアは与えられる快感をひたすら貪った。


浴室で身体を繋げただけでは許されず、ベッドに連れ込まれて繰り返し達かされた。

快楽に溺れて頭は朦朧となり、ようやくユーリの気が済んだ頃には息も絶え絶えで、レアはたちまち泥のような眠りに引きずり込まれた。

疲れと安堵とで昏々と眠り続け、目を覚ましたのは翌朝だった。ユーリはすでに出かけた後で、起こしに来たアンナとやっと話ができた。

レアが消えて世話係の召使たちが青くなったのは当然として、報告を受けたユーリの動揺ぶりも凄《すご》かったという。

直ちに捜索を命じ、自ら捜しに行こうとした。イリヤに敢然と止められてしぶしぶ諦めたものの、ほとんど眠らず、食事もろくに取らなかったという。

そして居所が判明するや否や、公務を放って飛び出したのだ。

改めてレアは申し訳なくなった。まさかそんな大事になるなんて、思ってもみなかった。

考えの甘さを痛感すると同時に、ユーリが自分のことをそれほど大切に想《おも》ってくれているのだと感激した。

朝食が済むとメイジー夫人がやってきて、長々とお説教された。完全に自分が悪いので言い訳はせず、じっと耐えた。

「陛下のお許しが出るまで外出は禁止です。この居館から出ないように」

「礼拝堂は？」

「だめです」

「じゃあ、お庭は……」

「わたしかアンナの付き添いがあればかまいません」

頷いたレアは、ふと気付いて尋ねた。

「カーヤはどうしたの？」

いつもアンナと一緒に食事の給仕をするのに姿が見えない。

「あの子は田舎に返しました」

アンナが少し気まずそうに答えた。

「えっ……。もしかしてわたしのせい……!?」

「自分の務めも忘れ、お喋りに夢中になって目を離したのですからね。罰を受けるのは当然です」

ぴしりとメイジー夫人が言う。

カーヤとは従姉妹同士であるアンナは申し訳なさそうに眉を垂れた。

「悪い子ではないのですけど……、宮廷の華やかさにばかり目が行って、浮かれてしまって。注意はしていたのですが、若い女官たちと喋ってばかりで……」

「あの娘たちは、革命後の世代ですからねぇ。恐れを知らないというか、我が強いというか」

メイジー夫人も溜息をついた。宮廷女官長である夫人も、若い女官の扱いには苦労しているようだ。

最初はレアも同世代の娘たちと仲良くなりたいと思っていたのだが、立場のはっきりしないレアに攻撃的な言動を取る者も多く、敬遠するようになってしまった。

「……悪いことをしちゃったわね」

しゅん、とレアはうなだれた。カーヤから間接的に女官たちとのお喋りを聞かせてもらうのも楽しみだったのだが。

「一番悪いのは自分の仕事をおろそかにしたカーヤですが、レア様もよく考えて行動するべきでしょうね。陛下にとって、レア様はとても大切な御方なのですから。もちろんわたくしたちにとってもそうですよ」

真摯な口調でメイジー夫人に諭される。素直に頷いたものの、どうしてもわだかまりを感じてしまう。

「それは、わかってるんだけど……。でも……、自分にそんな価値があるのかしら、って、やっぱり考えてしまうの。わたし……、陛下にふさわしいとは思えなくて」

令嬢たちの言い争いにショックを受けたことは、アンナとメイジー夫人にも素直に話した。

ふたりはレアの呟きに目を見張り、困ったように互いの顔を見合わせた。

「……レア様は、ご自分が陛下にふさわしくないと思っていらっしゃるのですか？」

穏やかにメイジー夫人が尋ね、レアは赤くなって目を泳がせた。

「だって、わたし……、『馬の骨』だし……」

「あら、まぁ。誰がそんなことを」

アンナが鼻息荒く腰に手を当て、メイジー夫人は苦笑した。

「それじゃ、レア様はご自分が貴族か大富豪の令嬢なら、陛下にふさわしいとお考えなのですか？」

「ふさわしいかどうかわからないけど、役には立てると思うの。そうでなくてもわたし、いろいろと人と違っているみたいだし、頭もさほどよくないし……」

「レア様はとても可愛くてお綺麗ですよ！」

「ありがとう、アンナ。でも、美人なら世の中にたくさんいるわ。実際、あの令嬢たちはどちらもとっても綺麗だった」

その美しさ以上に、レアは彼女たちの自信に圧倒されたのだ。

「それでも陛下が大切にしていらっしゃるのはレア様なのですよ？」

「……！」

ハッと目を上げるとメイジー夫人はにっこりと頷いた。

「ご自分が陛下にふさわしくないと感じるなら、ふさわしくなればいいではありませんか」

「ふさわしく、なる……？」

「現時点でふさわしいかどうかは関係ないとわたくしは思うのです。もしふさわしいと疑うことなく信じられるとしたら、それは少し傲慢というものではないでしょうか。そこで止まってしまって、気付いたら全然ふさわしくなくなっているかもしれません。だったらむしろ、ふさわしくなろう、いつもふさわしくあろうと心がければよろしいのでは？」

「心がける……」

レアは自分がくよくよ思い悩むばかりで、ちっとも努力していないことに気付いて恥ずかしくなった。

「それに、ふさわしくないと遠慮ばかりしていたら、誤解されてしまいますよ？　レア様がいなくなって、陛下はひどく落ち込み、ふさぎ込んでおられました。嫌われてしまったと、だから出ていったのだと、本気で悩んでおられました」

「そんなことないわ！　陛下のことは大好きだし、ずっと一緒にいられたらいいなって……」

「でしたら、ずっと一緒にいられるよう、努力してみてはいかがですか。大丈夫、レア様ならお出来になりますよ。ほんの小さな頃から、陛下のお役に立ちたいと願っていたことをお忘れですか？　その熱意で獲得した『耳かき係』でしょうに」

くすくすとメイジー夫人が笑い、レアは赤くなった。そうだった。『役に立ちたい』と言い張ってユーリにまとわりついて、ようやくもらえた『だいじなおしごと』。

すごく嬉しかった。あれからずっと、レアはユーリの『特別』だった。

ただそれを、自分で忘れていただけ――。

「……そうよね」

レアは頷いた。ユーリが好きなのに、愛されることを怖がっていた。

一緒にいたいと願いながら、側にいては迷惑なのでは……と不安だった。

そんな自分の感情さえ直視できなくて。ずっと子どもでいれば、優しい世界でまどろんでいられそうで……、鍵をかけてひたすら『幼さ』に閉じこもっていたのかもしれない。

凪《な》いだその世界にユーリがひびを入れた。レアを抱き、おとなの女性として扱うことで。

鍵は壊され、導かれるようにレアは『外』に出た。

ある意味『外』はとても恐ろしい世界だった。逃げ帰ってまた閉じこもることも、たぶんできるはず。

優しいユーリはきっと許してくれる。レアの閉じた世界を全力で守ってくれるだろう。

だけど、それでは彼に『ふさわしく』なれない。自信にあふれた令嬢たちに揶揄されたみたいな『ウサギさん』だ。ただ、愛され、可愛がられるだけの愛玩物。

「……わたし、陛下にふさわしくなりたいわ」

自分に言い聞かせるように呟いた。アンナとメイジー夫人がにっこりと微笑む。

身元がわからないことで、大事にされることにずっと引け目を感じていたけれど。そんなふうに卑下するのはもうやめよう。

きっぱりと、レアは自分に誓った。

その頃、ユーリは定例の政務会議に臨んでいた。各担当者からの報告が終わり、課題が検討され、方針が決定される。

「――では、これにて本日の議題は終了といたします。皇帝陛下、何か他にございますか」

宰相の言葉に頷き、ユーリは集まった高官たちのなかから帝都の警察機構を統括する警視総監に視線を向けた。

「……近頃、街のあちこちで不埒《ふらち》な輩が出没していると聞く。一人歩きの若い娘に声をかけ、路地裏に引きずり込んで暴行を働いた上に、怪しげな酒場や娼館に売り飛ばすそうだ。そのような行為が帝都の目抜き通りで行なわれているのは由々《ゆゆ》しき事態である。警察部門はこれをどのように対処するつもりか。考えを聞きたい」

「はっ」

警視総監は立ち上がって敬礼した。警察は軍の一部門なので彼もれっきとした軍人である。

「そのような行為は、以前は場末や裏通りで多く、パトロールを強化することで対応してまいりました。しかし最近、陛下の仰《おっしゃ》られるように、表通りでも見かけることが増えております。立派な身なりで紳士を装っているので、風体では見分けがつかないことも多く、正直苦慮しております」

「警官の巡回を増やしては？」

誰かの言葉に、総監は渋い顔で首を振った。

「夜間はそうしておりますが、昼間の目抜き通りを制服警官があまり頻繁に行き来するのはどうかと……」

「確かに、それでは現体制がまだ不安定なのかと誤解される恐れがある」

「夜はまだいい。自《おの》ずから用心するだろうからな。昼間は安心しているから気が緩む。そこに付け入ってくるのだ」

「そもそも若い女が一人歩きをするなど……」

「――そういう問題ではない」

ぴしゃりと皇帝に遮られ、発言者は小さくなった。ユーリは険しい顔で高官たちを見回した。

「私はこの帝都を、若いご婦人でも自由かつ安全に、一人歩きを楽しめるような街にしたいと思っている。実際に一人歩きするかどうかは個人の問題だ」

たとえどんなに安全だろうとレアに一人歩きをさせる気などさらさらなかったが、それもまた個人の問題である。

ちなみに、レアにちょっかい出したごろつきどもは腹心の部下に命じて捕縛済みだ。必要な情報を吐かせたら重しをつけてキロン河に沈めてやる。

「仰るとおりです」

ユーリの過激な内心など知る由もない警視総監は、うやうやしく頭を下げた。

「革命から十年以上経過して、ようやく観光客が増え始めたところだ。景観美化の促進とともに、安全の確保は最重要と心得よ。制服が悪目立ちするなら私服で巡回させればいい。必要であれば女性も採用しろ。そうとは知らずに寄ってきて、捕らえることができるかもしれない」

「女性を警官に……ですか!?」

「男じゃ囮《おとり》にならないだろう。……そうだな、まずは女装してバレなさそうな若い警官がいたら試してみてはどうか」

「はぁ……」

　警視総監は面食らって目をぱちぱちさせた。

「特別手当を出してもいい。言っておくが、私はふざけているわけではないぞ」

「もちろんわかっております！」

　警視総監は慌ててビシッと敬礼した。

「――ああ、それと。景観美化で思い出したが、大通りと大通りの間の裏町に、復興の進んでいない地区が点在している。傷んだ建物も多く、安全上問題だ。放っておけばスラムと化し、犯罪の温床になりかねない。早急に調査し、復興計画と予算案を提出するように」

「かしこまりました！」

　土木事業の担当者が緊張した顔で返答する。面々を一渡り眺め、宰相が伺った。

「他に何か……？」

「いや。――ああ、そうだ。ごく個人的なことだが、一応報告しておこう。私は結婚することにした」

　一同は呆気にとられた面持ちでユーリを見つめた。我に返った宰相がコホンと咳払いをする。

「恐れながら陛下。皇帝の結婚は個人的なことではございません」

「そうか？」

「そうですとも！」

憤然と言い返したのは商工部門の責任者であり、自らも豪商のモルテンだ。ユーリを茶会に招くと息巻いていたエレナ嬢の父親である。

エレナのライバル、リュドミラ嬢の父親は文化部門の顧問を務める伯爵で、今日の政務会議には出席していない。

「私は気に入った相手と結婚するつもりだと、常日頃から言っておいたはずだが」

「ですからそのようなお相手を見つけていただこうと舞踏会を催したのではありませんか！　なのに陛下はさっさと帰ってしまわれて……」

「陛下、お相手はどなたで……？」

「もちろん、レアだ」

端的な答えに出席者の半数は憤然と眉を吊り上げ、残る半数は諦めたように眉を垂れた。

口をぱくぱくさせたモルテンが顔を真っ赤にして言い返す。

「へ、陛下がレア嬢を気に入っておられるのは承知しておりますが……、失礼ながらあの方は身元も確かでなく」

「七歳のときから我が家で妹のように育てたんだぞ？　どこへ出しても恥ずかしくないよう躾《しつ》けてある。私自身が保証するのだ、問題はなかろう」

「し、しかしですな……」

「陛下。レア様が貴婦人であることは議論の余地がないとして……」

言い出した男をモルテンが『大ありだ！』と言いたげに睨む。

「……しかし、皇妃となられる御方が両親も不明というのはやはり」

「どこぞの養女とされてはいかが。身元の確かな人間――、そう、たとえば私ども夫婦には娘がおりませんので」

「だったらうちがお引き受けする！」

「いいや、わしの家は先祖代々――」

「待て待て！　そんなことをすれば、我こそ実の親だと名乗り出る輩が後から後から――」

ユーリはテーブルの上で手を組み合わせ、言い争う議員たちを冷めた目で眺めた。

見たところ、レアとの結婚自体を断固反対している者は多くはない。

自分の娘を嫁がせたがっているモルテンと、やはり同じような目論見《もくろみ》を抱く貴族が数名。他国の王女を娶《めと》るよう以前から進言していた外務担当者たち、といった辺りか。

後はレアにそれらしい身元を与えればいいのではないかと考えているようだ。

モルテンが腹立たしげに横目でユーリを睨んだ。

「私は陛下が玉座に就くにあたって、懸命にお力添えしたではありませんか。少しばかり我らの意向を汲《く》んでくださってても……」

「確かにそうだが、それは『少しばかり』では済まない。何しろ一生に関わる問題だからな。好きでもない女性を生涯の伴侶に迎えるくらいなら玉座を降りる」

「は!?」

「さいわい、領民には嫌われていない。領地に戻れば歓迎してくれるだろう。もちろんレアのことも。操人形《あやつりにんぎょう》が欲しいならそのほうらで勝手に選ぶがいい」

冷然と言われ、議員たちの大半が青ざめた。警視総監が不穏な微笑を浮かべる。

「陛下。私は陛下を支持しております。革命の混乱が短期間で収束したのも、陛下のお力あってこそと確信しておりますゆえ」

総監は皮肉っぽく議員たちを見回した。モルテンとその賛同者は気まずそうに顔を見合わせたり、うつむいたりした。

警視総監の発言がおべんちゃらではないことくらい彼らにもわかっている。ユーリが有能な為政者であることに異議を挟む者はいない。軍の内紛に勝利し、今や警察機構も含めて全軍を掌握している。

ユーリは士官学校出の高級将校で、冷静かつ知的な性質もあって無駄な争いは好まない。その一方で、心を決めれば実力行使をためらわない冷徹さも持ち合わせていた。

帝位に就くよう懇願したのは議員たちだが、決めたのは彼だ。

議会の意向を重視していても、いざとなればふたたび『革命』を起こす力を彼は持っている。そのとき彼はもう議会を顧みないかもしれない。ふたたび前王朝のような専制君主制が復活しないとも限らないのだ。

そうなればむろん平民であるモルテンらの権力は消滅する。さりとてユーリに対抗できるほどの力を持つ人物は他に見当たらない。

ユーリは軍隊だけでなく、一般民衆の人気も非常に高い。結婚問題で不信任決議などすれば、民衆の怒りは間違いなく皇帝ではなく議会に向く。

口惜しそうにモルテンは黙り込んだ。

ユーリは冷ややかな微笑を浮かべ、困惑顔の宰相に頷いた。

「会議は終了だ。皆ご苦労だった」

ユーリが立ち上がると、一切発言せずに控えていたイリヤがさっと従った。

議員たちは皇帝が退出するまで頭を垂れていたが、扉が閉まるとふたたびかまびすしい議論が始まったのだった。


「――本気でレア様と結婚されるのですか？」

執務室へ戻り、扉が閉まるとさっそくイリヤが尋ねた。

ユーリは肩をすくめ、窓辺に歩み寄って外を眺めた。

「むろん本気だとも」

そっけなく答え、肩ごしにちらりとイリヤを見る。彼は考え込むように眉根を寄せていた。

「……反対なのか？」

「まさか。反対したところであなたが諦めるとも思えませんし。ただ、どうすれば陛下とレア様にとって一番いいかと思案していたのですよ」

「身元の件か……」

ユーリは嘆息した。駆け引きとして議員たちにはあのように言ったが、皇帝という立場を考えれば、相手の身元があやふやなのはよろしくないことくらいわかっている。

「……やはり公表すべきかな」

「いずれはそうなさったほうがいいとは思いますが……」

「なんだ？」

歯切れの悪い口調に不審を感じ、イリヤに向き直る。

「実は少し気になる情報が。旧貴族が別人に成り済まして帰国するケースが増えているのです。偽名を使ったり変装したりで、完全に把握しきれておりませんが……」

「ふむ……。単に望郷の念に駆られた、というだけならかまわないが」

ユーリの呟きにイリヤも固い顔で頷いた。

旧貴族とは、革命による王朝交代を認めずに外国に亡命した貴族たちのことだ。

ボイゼル朝の時代には皇帝の寵臣《ちょうしん》として権勢を誇っていた者たちである。ほとんどが旧来の大土地所有者で、多くの農奴を抱えていた。

革命によって彼らの土地は自由民となった農奴や、功績のあった小貴族、平民層に分け与えられたり、国有地──ザトゥルーネ帝国の財産であって、カッシーニ家の所有ではない──となったりしている。

彼らは亡命するとき莫大《ばくだい》な金銀財宝を携えていき、その中には皇室財産も多数含まれていると見られる。

「彼らは互いに連絡を取り合い、定期的に密会しているようです。非常に用心深く、毎回のように場所も変わるため、何を企《たくら》んでいるのかはまだ探り出せていませんが」

「それはもちろん、自分たちの土地や権力を取り戻したいということだろうな」

「ええ……」

「──そうか、今レアの身元を公表すれば、奴らに絶好の神輿《みこし》を与えることになりかねない……ということか」

「確実にそうなりますね。レア様──ディオネ皇女はボイゼル朝のたったひとりの生き残りにして、正当な帝位継承権を持つ人物なのですから」

ユーリは眉をひそめて考え込んだ。

レアを政争に巻き込みたくない。もちろん彼女の権利は最大限保証するつもりだが、せっかく安定し始めた新体制の帝国を揺るがす事態になることは避けなくては。

「……奴らが持ち逃げした皇室財産はレアに返してやりたいが、取引する気にはなれんな」

「私も反対です。少なくともこちらから接触するのは避けたほうがよろしいでしょう」

真顔で返し、イリヤは溜息をついた。

「しかし、陛下がレア様を皇妃となされば、今までのように奥に隠しておくわけにはいきますまい。好むと好まざるとにかかわらず、ある程度は人前に出る必要がある。陛下を支持する民衆は、敬愛する皇帝陛下のお妃《きさき》はどんな方かと強い関心を抱くでしょうからね」

「あれほどヘレネ様に似ていなければな……」

ユーリは渋い顔で呟いた。

十八歳で亡くなった姉に、同い年になったレアは瓜二《うりふた》つといっていいくらい似てきた。ヘレネ皇女は金髪に青い瞳だったから、ぱっと見の印象は異なるものの、それを除けばそっくりだ。

考え込んでいたイリヤがポンと手を打つ。

「――いっそそれを逆手にとっては？」

「どういうことだ？」

「陛下がヘレネ皇女を好きだったということにするのです」

「はぁ⁉」

「かつて密《ひそ》かに想いを寄せていた皇女は悲劇的な最期を迎えた。手元で慈しんだ少女が成長し、皇女によく似ていると気付いて妻にすることにした……というのはどうでしょう」

ユーリは眉間を摘んで嘆息した。

「……その設定だと、俺がクズ男だと言われてる気がするんだが」

「気のせいです。――そうだ、どうせならヘレネ様が初恋の相手だったということにしましょう。ヘレネ皇女は民衆に人気があったし、悪い印象は持たれないはず。民衆はそういうロマンチックな物語が大好きですからね。これならレア様の身元から注意を逸らせます。孤児から皇妃への華麗な転身！　むしろシンデレラ・ストーリーとして一般受けするのではないでしょうか」

「おまえ、いつから宣伝担当になった……。というか、作家になったほうがよかったんじゃないか？」

「そうですね、引退したら考えます」

まんざらでもない顔でイリヤは顎を撫でる。ユーリはげんなりと眉を垂れた。

「あのな……。俺はヘレネ様を素晴らしい皇女だと尊敬していたが、恋愛感情など一切――」

「いいんですよ、そんなことは。嘘も方便です」

「レアが傷つくだろうが！」

「そこは陛下がうまく説明してください。結婚するための方便だと」

「実際あれだけ似ていては説得力皆無だ。絶対誤解される……！」

ユーリは執務机に突っ伏して頭を抱えた。

「どうせ誰かが突っ込んできますよ。陛下がかつて皇室の警備担当者だったことは周知の事実ですからね。レア様とヘレネ皇女の相似に気付かなかったなんて言ったところで誰も信じません。逆に似ていることをものすごく意識していた、というほうが納得できます」

「それは、まぁ……」

「いっそ最初から、似ていたから気に入って手元に置いた、ということにしましょう」

「ますますクズだな」

「本物の皇女なのではないかと、いらぬ勘繰りをされることも避けられますよ。ディオネ皇女は亡くなったことになっていますが、年頃を考えれば当然ぴったりですからね。――それとも他に妙案が？」

「……ない」

しばらく唸った挙げ句、無念そうにユーリは呻いた。

「ヘレネ様とのことはかつて一部で噂になっていましたから、きっと――」

「おい。なんだそれは」

「あ、やはりご存じなかったですか？　女官たちの噂話ですよ。ヘレネ皇女はハンサムなカッシーニ大尉に特別なご好意をお持ちなのではないかと……」

あんぐりと口を開けるユーリに、イリヤは肩をすくめた。

「十八歳の皇女と二十二歳の大尉とで、年頃もつりあっていましたしね。――だから紅い薔薇ならディオネ様ではなくヘレネ様に捧げては、とそそのか――おすすめしたのに」

「女性に紅薔薇なんぞ捧げたら誤解されるだろうが」

「ディオネ様も女性です」

「ほんの子どもだった！」

イリヤは溜息をついた。

「朴念仁はこれだから」

「何か言ったか……⁉」

「空耳です。ともかく、レア様の身元を伏せておくおつもりなら、そうするのが一番無難だと私は考えますね。あるいは思い切って公表して、旧貴族の気勢を削《そ》いでおきますか」

真面目な顔に戻ってユーリは熟考した。どちらの案も一長一短だ。嘘をついても真実を告げてもレアは傷つくだろう。ならばどちらがより軽い傷で済むか……。

「レアがディオネ皇女だと公表した場合、『テミスの惨劇』に触れないわけにはいかない」

「そうですね……」

イリヤの表情も曇る。

テミスの離宮での惨劇――。

毒を盛られ、刺し傷を負った皇帝一家。短剣を握りしめて放心していた幼い皇女。

誰が毒を盛ったのか、刺したのは誰か。

ディオネが記憶を失い、真相は藪《やぶ》のなかだ。

一番の容疑者はダニエル・ミュゲ——皇帝一家、特に皇后から厚い信頼を寄せられていた宮廷司祭だが、彼は事件と同時に行方をくらましたきり居所はおろか生死も不明である。

「……ディオネ皇女がただひとり生き延びたことで、よからぬ憶測をされるかもしれない。そうでなくても、家族全員が死んで自分だけが生き残ったと知ったら、どんな気持ちになるか……」

レアが受けるであろうショック以上に、ユーリは恐れていた。

十一年もの歳月をかけて深めてきた自分たちの絆が壊れてしまうのではないか、と。

記憶を失ったのをいいことに、嘘をついて騙していた……と詰られるのではないか。

ああだこうだと悩んでも、イリヤに示された以上の案は出てこない。

仕方なく、ユーリはとりあえずダメージの少なそうなイリヤの案を用いることにしたのだった。

第六章　悪夢が示すもの

「正式に帝国議会で報告した。今日からレアは俺の婚約者だ」

宮殿に連れ戻されて数日後――。まじめくさった顔で告げられて、レアは唖然とユーリを見返した。

ふたりがいるのは居館の一角に作られたサンルームで、ガラス越しに初冬の陽射しが降り注いでいる。

外は風が冷たいけれど、ここはぽかぽかと温かで居心地よい。冬のあいだレアは日当たりのよいサンルームで過ごすことが多かった。

レアの表情に、ユーリは憮然と眉根を寄せた。

「いやなのか……？」

「い、いやじゃないです！」

我に返ってぶんぶん首を振る。

彼は笑顔になって青い天鵞絨《ビロード》張りの小箱を差し出した。中に入っていたのは目映《まばゆ》いばかりのダイヤモンドの指輪だった。

「綺麗……！」

陽光を受けてキラキラと輝く指輪を、感嘆して眺める。ユーリからはいろいろなものをもらったが、指輪をもらうのは初めてだ。しかもこんな大きなダイヤモンド……！

「気に入ったか？」

「はい、とっても！」

「つけてやろう」

ユーリはレアの左薬指にそっと指輪を嵌めた。

「ぴったりです」

「寝てる間に測っておいたんだ」

照れくさそうなユーリと指輪を交互に眺め、レアは瞳を潤ませて彼に抱きついた。

「嬉しい！　本当にわたし、ユーリのお嫁さんになれるのね……」

「もちろんだ。俺が結婚したい相手はレアだけなんだから」

そういってユーリは優しくレアにくちづけた。

嬉しくて、ぎゅっと彼を抱きしめる。互いの唇を熱っぽくついばみ合ううちに、身体の芯がぞくぞくと疼き始め、気付けば夢中で舌を絡めあっていた。

「んッ……」

首筋をねっとりと舐められてレアは肩をすぼめた。

「や……。陛下、だめ……」

「ユーリ」

「ん……、ユーリ……。だめよ、誰か来るわ……」

「俺が出て行くまで邪魔するなと言ってある」

「でも、ここガラス張りだし……、外から見られちゃう……」

「誰も見てないさ。……見ててもいい」

「そんな……」

含み笑うユーリを、レアは頬を染めて睨んだ。彼はかまわずレアの唇をふさぎ、口腔内をくまなく舐め回した。

並んで座っていた長椅子に押し倒され、彼の肩ごしにガラス張りの天井をぼんやりと見上げる。天井には直射日光を遮るために薄い布がかけられているものの、サンルームのなかはとても明るい。

こんな明るい場所で、昼間から睦《むつ》み合うなんて、はしたない。いけないことをしているという背徳感で余計にぞくぞくしてしまい、自分を叱りつける。しかしユーリに触れられる快楽を拒むことはできなかった。

連れ戻されてから連日彼に抱かれている。優しく激しい愛撫で幾度となく絶頂させられ、身

体の芯まで愉悦を教え込まれた。

　未熟だったレアの官能は急速に開発され、わずかな間にすっかり感じやすくなった。ユーリの指先がそっと腰骨をかすめただけで、花びらが震え、とろりと蜜が滴りそうになる。

（恥ずかしいけど……、ユーリが喜ぶなら、いいわ……）

　うっとりとレアは彼の肩を撫でた。左手の薬指でダイヤモンドが燦然《さんぜん》と輝いている。

　ユーリはレアのドレスを腰まで捲り、クリノリンを外した。ドロワーズはそのまま、腿を押し上げるように両脚を開かせる。

　縫い合わされていない股間が開いて秘処が剥き出しになり、敏感な襞が外気に触れてひんやりする。

「……もうこんなに蜜が溜まってる」

　満足そうな囁きに、レアは赤くなって身じろいだ。

「そんなに見ちゃだめ……」

「いいじゃないか。綺麗なんだから」

「だって恥ずかしいもの……。こんな明るいところで……」

「とっても綺麗だぞ。まるで白薔薇の蕾のようだ。真っ白で……中心はほんのりと淡いピンク。奥はもっと濃いピンク色だ」

　ぐっ、と腿を押され、濡れた花弁が白日の元に晒される。羞恥と昂奮とでレアは大きく胸を喘がせた。

「あ、ん……」

「わかるか？　奥から蜜が、ほら、あふれてくる」

ぞくぞくしながらレアは頷いた。とろとろと滴る感触に媚壁が疼く。ユーリは熱い吐息を洩らし、蜜口に唇を押し当てた。じゅるっと音をたて、花芽ごと蜜を啜《すす》られる。

「あうッ」

嬌声を上げ、レアは口許を両手で押さえた。涙目になってはぁはぁ喘ぎながら、ぎゅっと掌を唇に押し付ける。でないと際限なくはしたない悲鳴をあげてしまいそうだ。

愛蜜を啜りながらユーリは尖らせた舌先を隘路に差し入れた。

敏感な襞をくすぐるように舐め回され、下腹部がひくひくと戦慄《わなな》く。

「んんッ！　やン……、だめ……ぇ……、あぁ……っ」

のけぞって身体を不規則に震わせる。舌なめずりをしてユーリが囁いた。

「すごく敏感だな、レアの此処は」

痙攣する襞を丹念に舐め、ふくらんだ花芽を舌先で転がしながらちゅぱちゅぱと音を立てて吸う。恥ずかしくてたまらないのに気持ちよすぎて抗えない。

「うぅ……、ユーリ……ずるい……っ」

「何が」

「わたし……ばっかり……っ」

「一緒に達きたい？」

こくこく頷くと、彼は微笑んで身を起こした。かちゃかちゃと金具の音がして、熱塊がひたりと媚孔のとば口に押し当てられる。

一刻も早くなかに欲しくて催促するように腰をくねらせてしまい、レアは深紅色《ワインレッド》の瞳を潤ませた。ユーリはレアの腰を抱え直すと、スイングするような動きで一気に奥まで挿入した。

ずぷん、と奥に亀頭が突き当たる。

唾液と愛蜜で濡れそぼっていた花襞は、怒張しきった太棹を抵抗なく呑み込んだ。

目の前がチカチカして、あっけなくレアは達してしまった。

「ふぁ……あ……、ぁ……、すご……ぃ……」

身体を痙攣させせながら、ずくずくと隘路を抽挿される快感に耽溺《たんでき》する。気持ちよすぎてどうにかなってしまいそうだ。

「あっ、あっ、あんっ。ユーリ……、ユーリぃ……！」

「……気持ちいいか？」

「ん、ん。いぃっ……、いいのぉ……」

舌足らずに喘ぐと、ユーリは荒い吐息を洩らし、さらに激しく腰を突き入れ始めた。

ずぷ、ぐちゅ、と愛液が泡立てられる淫靡な音が響く。明るい陽射しの下には似つかわしくない淫らな水音に、ますます官能を煽られる。

「んぁっ、あんっ、あぁ……、はぁん……」

嬌声はいつしかすすり泣きのようになり、レアはひたすらユーリの名を呼びながら淫らに悶えた。

「レア……、レア……っ」

ユーリの囁きも熱く、乱れている。

「ユーリぃ……、ふぁ、あ……、もっ、と……。もっとして……、奥《おく》……、奥処に欲しい……熱いの……いっぱい……」

愉悦に溺れ、懇願する。さっきからレアの花びらはひくひくと痙攣したままで、打ち込まれる熱杭を貪欲にきゅうきゅう絞り上げていた。

「レアっ……」

呻いたユーリは腰を激しく叩きつけ、やがてどっと熱い奔流が蜜壺に放たれた。

うっとりと放心するレアをぎゅっと抱きしめ、彼は囁いた。

「愛してる、レア……」

「ん……、わたしも……」

逞《たくま》しい彼の背を抱いて、レアは頷いた。ユーリが側にいてくれれば、他には何もいらない。

ずっとずっとユーリの側に寄り添っていたい。それだけを、ただひたすらレアは願った。

「――紹介しよう。私の婚約者、レア嬢だ」

堂々と宣言したユーリに目線で促され、レアは緊張しながら進み出た。

謁見室にずらりと居並んでいるのはいずれも帝国の重鎮だ。宰相やイリヤを始め各部門の責任者、皇帝諮問会議の代表、新帝国議会のふたりの議長などである。

人前に出ることは滅多になく、ましてやこんなふうに一斉に視線を集めた経験など皆無だ。

萎えそうになる脚と気力を奮い起こし、礼儀作法で習ったとおりににっこりと微笑む。

「初めまして、皆様。レアと申します。どうぞよろしくお願いいたします」

声はいくらか震えていたし、笑顔もこわばり気味だったが、かえって初々しさが強調されて好印象に繋がったようだ。

どこかむっつりとしていた面々は、意外そうに、あるいは眩《まぶ》しそうにレアを眺めている。

上品なクリーム色のシャンタン生地のドレスにはアクセントに水色のレースがあしらわれ、清楚《せいそ》に結った純白の髪に着けたヘッドピースはドレスと同じ配色だ。

深紅色《ワインレッド》のぱっちりとした瞳。つやつやの唇はやわらかく丸みをおび、朝露をまとったキイチゴのようにみずみずしい。

帝国を支える主要メンバーに紹介するとユーリに言われたときはどうなることかと思ったが、

とりあえず滑り出しは上手くいったようだ。

ユーリ自ら各人を紹介し、それぞれ一歩前に出てお辞儀や敬礼をした。婚約すること自体はすでに討議が済んでおり、さすがにこの場で不満を蒸し返す者はいなかった。

挨拶が済むとイリヤを従えたユーリとともに彼の執務室へ行った。

すぐに紅茶が用意され、侍従がうやうやしく一礼して重厚な扉が静かに閉まる。

ようやくレアはホッと吐息を洩らした。

「緊張した……」

「大丈夫、とてもよかったですよ」

イリヤが優しく微笑む。

「そう……？」

ちら、とユーリを窺うと、彼は機嫌よく頷いた。

「もちろんだ。皆、想像以上にレアが美人だったので驚いていたぞ」

「そんな、まさか……」

ポッとレアは頬を染めた。

「本当だとも」

ユーリはレアの手を取り、きらめくダイヤモンドにくちづけた。

ごちそうさま、とでも言いたげに、イリヤが苦笑しながら紅茶のカップを傾ける。

とりあえず婚約はしたけれど、実際に結婚式を挙げるのは来年の春頃の予定だ。ザトゥルーネ帝国は冬の冷え込みが厳しく、結婚式は春から初秋までに行なわれることが多い。

すでに初冬に入っており、来年の春まで待ってほしいと言われて素直に頷いた。

ユーリの花嫁になるのだから美しい薔薇の咲く季節がいい。レアの瞳によく似ていると彼が言ってくれたワイン色の薔薇を髪に飾り、ブーケにして持ちたい。

想像しただけで幸福感が込み上げ、にこにことレアは紅茶を飲んだ。

しばらく三人で歓談した後、アンナに付き添われてレアは執務室を辞した。

政務を行なう公館と私的領域である居館は、建物としては直接つながっていない。礼拝堂や図書館のある棟が間に挟まっているからだ。

中庭を斜めに横切るかたちで遊歩道と馬車道が作られており、そちらを通ったほうが近いので、大抵ユーリはそこを使う。晴れや曇りなら馬、雨雪の場合は馬車を用いる。

この道の出入り口には門番がいて、通れるのは基本的にユーリだけだ。

来るときはレアもユーリと一緒に馬車でそこを通った。天気もよく風もないので、帰りには歩きたいと願い出て許された。遊歩道は庭師が意匠を凝らして刈り込んだ生け垣が実に見事で、花が咲いていなくてもそぞろ歩くにはうってつけなのだ。

執務室から階段を降りていくと、地階には先日レアも並んだ謁見希望者の列が今日もできていた。

あの親切な老婦人はユーリに面会できたのだろうか。気になって見回したが、それらしい姿は見当たらなかった。

階段の陰にあるガラス張りの扉から中庭に出て歩きだしたとたん、後ろから聞き慣れぬ女性の声がした。

「レア様」

驚いて振り向いたレアは、声をかけた女性を見てさらに目を瞠った。

茶色の髪に青い瞳をした、自分と同年代の女性――。

それはエレナ嬢だった。自分だけがユーリと二回踊ったのよと自慢していた資産家令嬢だ。

彼女の後ろには取り巻きの娘たちが数人寄り集まっていたが、ライバルらしきリュドミラ嬢の姿はない。

遠慮して二の足を踏む取り巻きたちを置いて、エレナ嬢はつかつかとレアに歩み寄った。

満面の笑みを浮かべているものの、かなりわざとらしいというか、目許がぴくぴく引き攣っているような……？

アンナは小さく溜息をつき、仕方なさそうに後ろに下がった。女官長の片腕として、もちろん彼女はエレナが誰だか知っている。

鮮やかなカナリア・イエローのドレスに身を包んだエレナは、レアの前で足を止めると膝を折って麗々しいお辞儀をした。

「レア様でいらっしゃいますね？　急にお声がけして、失礼いたしました。わたくしはエレナ・モルテンと申します。父は帝国議会にて衆議院に議席をいただいておりますの」

「初めまして……」

どきどきしながらレアは会釈した。一方的に見かけていたことは、とりあえず黙っていよう。

「このたびは皇帝陛下とのご婚約、まことにおめでとうございます」

「ありがとう」

「突然で不躾《ぶしつけ》かと存じますが……、わたくしども、レア様とぜひお近づきになりたいと思いまして。ご婚約のお祝いを兼ねてお茶会にお招きしたく、こうしてお声をかけさせていただきましたの」

「そ……、そうですか……」

ぎくしゃくとレアは頷いた。ユーリに断られたから、今度は自分を招こうというのだろうか。リュドミラ嬢はこのことを知っているのかしら……？

「失礼ながら、レア様はこれまであまり外に出られませんでしたでしょう？　宮廷では政治以外にもいろいろな集まりがございますから、きっとお役に立てると思いますの。わたくしたち皆、レア様と同じような年頃ですし」

「ええ、そうね……」

純粋に好意で招いてくれたのだとしても、長らく引きこもり同然だったレアには、ひとりで知らない人たちの間に出て行くのはためらわれた。

浮かない顔色を読んだアンナがさりげなく前に出る。

「せっかくのお誘いですけれど、皇帝陛下のご意向を伺った上でなければお返事はいたしかねますわ」

「あら。そんな形式張ったものではないのよ？　ただ、お茶とお菓子をいただきながらお喋りしようというだけで」

「皇帝陛下の婚約者としてのご招待ならば、許可を得るのは当然かと」

無理ですと露骨に匂わされ、エレナはムッとした。

すぐにわざとらしく肩をすくめ、愛想笑いを貼り付ける。

「そうですわね。陛下はレア様を大事に大事に隠していらっしゃったのですもの。なんでもレア様は革命前の皇女様にそっくりなんだとか」

「えっ……？」

「エレナ様」

アンナが顔をこわばらせて制したが、恐れ知らずの高慢な令嬢はかえって語気を強めた。

「あら？　ご存じじゃありませんでした？　ボイゼル朝の最後の皇帝、ロドルフォ帝の第一皇女ヘレネ様ですわ。驚くほど美しく聡明で、それはそれはお優しい皇女様だったんですって。皇族では唯一、平民にも人気のあった皇女様だそうですよ。わたくしはまだ幼かったので、よく覚えていませんけど」

エレナは青ざめるレアの顔を薄笑いを浮かべて無遠慮にじろじろ眺めた。わざとらしい溜息をつき、皮肉な笑みを口端に浮かべる。

「ほーんと、お美しいですわねぇ、レア様は。美しい皇女様にそっくりなのだから当然ですけれど。なんでも陛下はヘレネ皇女に叶《かな》わぬ恋をしていらしたとか」

「……！」

「当時の陛下はたかだか大尉のご身分、小貴族の跡取りでは皇女殿下とは釣り合いませんもの。おいたわしいことにヘレネ様は革命で亡くなられて……。たまたま愛する皇女様によく似た面差しの女の子を拾って、どんなにか陛下は喜ばれたことでしょう。きっと神に感謝したに違いありませんわ」

「エレナ様！」

アンナにきつく睨まれ、エレナは肩をすくめた。

「あら。だってそうなんでしょう？　父から聞いたわ。陛下はヘレネ皇女の面影がどうしても忘れられないんですって。ご親切に引き取って面倒を見ていた孤児が皇女様に似ていることに気付き、妃にしようと決めたのだそうよ。本当、運がいいわよねぇ」

レアが真っ青になるのを見ていよいよ慌てたアンナは、眉を吊り上げてエレナを睨んだ。

「おやめなさい、無礼ですよ！」

「羨ましいと言ってるだけじゃない。わたくしにも少しくらいヘレネ皇女に似たところがあったらお目に留まれたかもしれないのに、って、どうしたって考えてしまうわ。――そうそう、皇女様は青い瞳をなさっていたそうだから、その点はわたくしのほうが似ているわね」

ふふんとエレナは勝ち誇ったように鼻で笑う。

「もう、いいかげんになさって。――さ、レア様。帰りましょう」

アンナは青ざめて立ちすくんでいるレアの肩を抱き、急ぎ足で通路の入り口へ向かった。

嘲るようなエレナの声が礫《つぶて》となって背を打つ。

「ザトゥルーネ帝国を新しくしたのは皇帝陛下ひとりのお力ではないのよ。功績のあった者たちが報われて当然だわ！　あなたみたいな――」

耐えられずに耳をふさいでしまって、最後のほうは聞こえなかった。

通路の門番はアンナの剣幕《けんまく》に驚いて急いで門を開けてふたりを通した。しばらく無言のまま早足で進み、周囲の静けさにようやく落ち着きを取り戻してレアは足どりをゆるめた。

「……アンナ。エレナさんの言っていたこと……本当なの……？」

ためらいつつ尋ねると、アンナはひどく困った顔になった。

「ええ……」

「アンナ！」

「はぁ、その……、レア様がヘレネ様に似ておられるというのは、本当……らしいです」

しぶしぶとアンナは答えた。

「そうなのね……」

改めてショックを受けてレアは呟いた。焦ってアンナがとりなす。

「でもそれは、陛下がレア様との結婚を決めたこととは関係ありませんよ！」

「だって似てるんでしょう⁉」

「そ、それは……そうですけど……」

アンナは言葉に詰まり、困惑しきって眉を上げ下げした。

「陛下は皇女様のことが好きだったの？」

「そんな話は聞いたことがありません」

きっぱりとアンナは否定した。

「だけど陛下はエレナさんのお父様にそう言ったのよ」

「そんなの、レア様との結婚を周囲に認めさせるために、適当にでっち上げた作り話に決まってます！　陛下が愛していらっしゃるのはレア様ですよ」

「……今はそうかもしれないけど」

ユーリの示す愛情が見せかけだとは思わない。心身ともに大事にされていることは、それこそ肌身で日々実感している。

でも、それが亡くなった皇女に似ていたから……だとしても、おかしくはないと思ってしまうのだ。

(彼が本当に愛してるのは、わたしじゃないのかも……)

ヘレネ皇女によく似たレアを、彼女の身代わりにして愛情を注いでいるのでは……?

すでに亡くなっているからこそ、よけいに深く愛しているのかもしれない。

(そうだわ! 昔からユーリはやたらとわたしに甘かった。単に街で拾っただけなら、そんなにちやほやするわけない)

以前からなんとなく違和感があったことも、これなら完璧に説明がつくではないか!

ユーリが危惧したとおり、レアの疑惑はこうしてどんどん悪い方向へ突き進んでいった。


居館に戻るとすぐ、アンナはエレナの無礼な言動について即座にメイジー夫人に報告した。夫人もアンナ同様、『方便』については聞かされていなかったが、妙な言い訳をした理由は察しがついた。

政務を終えて戻ってきたユーリはメイジー夫人の話を聞き、また、やんわりと抗議もされて頭を抱えた。

急いでレアの元に飛んでいって機嫌を取ったが、『気にしていない』と微笑みながらもその表情は固く、目は全然笑っていない。耳かきしましょうとも言ってくれなかった。

ヘレナ皇女には特別な感情など抱いていなかったと何度も繰り返し、イリヤと作った言い訳について躍起になって説明した。

身元がわからないレアとの結婚を押し通すため、前王朝の皇女に似ていることを利用しただけなのだ。皇女に想いをかけていたというのは、言い訳に信憑性《しんぴょうせい》を持たせるためであって、とかなんとか、うんぬんかんぬん。

愛しているのはレアだけだと真剣に誓って、ようやく信じてもらえた。しかしレアがヘレネ皇女に似ていることは事実だけに――なんといっても実の姉妹だ――否定しようがない。

この際何もかも打ち明けてしまおうかと迷い、そうしたらよけいにこじれるのではないかと危ぶんだ。そのせいでどうしても歯切れが悪くなり、彼の逡巡《しゅんじゅん》を読み取ったレアの心はいつまでもくすぶり続けたのだった。

せっかく無事にお披露目《ひろめ》が済んだというのに、甘々なはずの婚約期間はどうにもパッとしない始まりとなった。

懸命にレアの機嫌を取る一方、エレナの無礼な態度が腹に据えかねたユーリは父親のモルテン氏に厳重抗議した。

驚いたモルテン氏は娘をきつく叱りつけた。何が悪いのよと反抗する娘を引きずって宮殿に駆けつけ、直接謝罪したいと申し入れたが、『お気持ちだけ受け取る』とやんわり断られてしまった。

直接のお咎《とが》めはなかったものの、このままでは己の地位に悪影響を及ぼすと焦ったモルテン氏は調子に乗りすぎた娘を修道院にぶち込んだ。

それを知ったリュドミラ嬢がひそかに快哉《かいさい》を叫んだのは言うまでもない。

かくして水面下における令嬢たちの争いはとりあえず貴族側の勝利となったが、肝心のレアはふさぎ込んでますます引きこもりに拍車がかかってしまったのだった。


お披露目から一週間ほど過ぎた、ある日の午後。

レアは自室の窓からぼんやりと曇り空を眺めていた。まるで自分の心を映し出したかのように、雲が低く垂れ込めた空はどんよりしている。

「……だめね、わたしって」

呟いて溜息をつく。ひとりになりたいと女官たちには控室に下がってもらったので、暖炉で火が爆《は》ぜる音以外、室内はひっそりとしている。

ユーリの顔を思い浮かべてさらに溜息をつく。今朝も彼は優しくレアの目許にくちづけて出かけていった。まだ拗《す》ねていると思っていて、唇へのキスは遠慮しているのだ。

彼なりの思いやりなのだとわかっていてもやはり不満を感じてしまう。かといって、唇にキスしてとは言えなかった。

取り柄といえば素直なことくらいなのに、余計に情けない。

（もうずっと、ユーリの耳かきしてないわ）

それが自分のお役目なのに。ねだり倒してようやくもらった大事なお仕事なのに。それすら放棄していじけている。

毎晩のように彼の頭を膝に載せて耳かきしながら他愛《たあい》ないお喋りをした日々が懐かしい。

いつから壊れてしまったのだろう。何故壊れたのだろう。

誰が壊したのだろう……。

（ユーリ？　それともわたし？）

きっとふたりともだ。

幼さの繭《まゆ》に閉じこもっていられたあの世界はもう戻らない。

（戻りたいわけじゃないわ……）

ユーリにふさわしい相手になろうと決めた。人生の伴侶として。皇帝の妃として。

なのに、その決意は亡くなった皇女と自分がそっくりだという事実によってあっけなくぐらついてしまった。

ユーリを疑っているわけじゃない。……いえ、少しは疑ってるかも。

彼は断固否定していたけど、ひょっとしたら彼がヘレネ皇女が好きだったというのは本当なのかもしれない。

（いいのよ、それは。もしそうだとしても、皇女様はもう亡くなっているのだし、今はわたしを愛しているのだもの……）

わかっている。わかっているのにどうにもモヤモヤが晴れない。鏡を見るたび、ヘレネ皇女はこんな顔だったのかしらとまじまじ見てしまう。

渋るユーリから無理やり聞き出した皇女の容姿を当てはめて想像する。

自分の白い髪を金髪に置き換え、深紅色《ワインレッド》の瞳を青に置き換えて……。

どくん、と心臓が不穏に跳ねた。

何これ、すごくイヤな感じ。

想像した皇女の姿を、いつかどこかで見たような気がしてくる。

（錯覚よ！　――いいえ、もしかしたら見たことあるのかもしれないわ）

自分が記憶喪失だということを久しぶりに思い出してレアはゾッとした。

（ユーリに拾われる前……、七歳より前のことは覚えてない。もしかしたら、その頃どこかで皇女様を見たのかしら……？）

目を瞬いて鏡を見つめると、自分ではない誰か――まさしくヘレネ皇女に見返されているようで、怖くなって急いで鏡の前を離れた。

額に触れるとじっとりと汗をかき、背中が冷たい。

（どうしてこんなイヤな気分になるの……？）

想像した皇女の面影を追い払おうと強く頭を振る。

そうやって一時的には消し去ることができても、金髪で青い瞳をした自分そっくりの亡き皇女は、ふと気付けば脳裏の暗闇からじっとこちらを見つめているのだった。


レアはますます沈み込み、食欲まで減退した。ユーリとふたりで摂る晩餐をいつだって楽しみにしていたのに、黙りこくってうつむいたまま物憂げに料理を口に運ぶだけだ。

毎回きれいに完食していたレアが急に残すようになったので、何がお気に召さないのかと煩《はん》悶《もん》苦悩する生真面目な料理長を、部下の料理人たちは懸命になだめすかした。

居館は喪中のようにひっそりとし、召使たちは溜息ばかりつくようになった。

気を引き立たせようとあれこれレアに話しかけていたユーリも、諦めたのか近頃は黙りがちだ。それが申し訳なく、かといって率直に不安を打ち明けるのも妙な意地が邪魔をして、以前はなんでもユーリに話せていたのに……と落ち込む。

完全に悪循環に嵌まり込んでいた。

（いっそのこと、『いつまで拗《す》ねてるんだ、いいかげんにしろ！』って怒鳴りつけてくれたらいいのに……）

などと自分勝手なことを願い、それもこれもみんなヘレネ皇女のせいだわ、と気の毒な皇女にまで恨みがましい気持ちを抱いてしまう。

そんな恨み心の現れか、ついに想像（妄想？）のヘレネ皇女はレアの夢にまで現れた。

皇女は美しい金髪を振り乱して苦悶している。色を失った唇からは真っ赤な血が流れ、青い瞳を絶望に見開いて、レアに向かって震える手を伸ばし――。

『……ネ』

今にも消え入りそうな声で皇女は囁く。

『ディ……ネ……』

何？　何を言ってるの……!?

聞きたくなくて耳をふさごうとすると、レアの手は真っ赤に染まっていた。

血だ。

大量の血で、掌がぬらぬらと光っている。

小さな手。まるで子どもみたいな……。

『……ネ……』

囁き声に目を上げると、皇女ではない別の女の人が倒れ臥しながらぱくぱくと口を動かしていた。皇女よりもずっと年上の、おとなの女性だ。

見回せば、他にも人が倒れていた。

おとなの男の人と、ヘレネ皇女よりいくらか年下の男の子……。

みんな血を吐いて倒れている。

白目を剥いた少年の口からは血の混じった泡とともに、ごろごろと奇妙な音が洩れた。

『……ネ』

誰かが呼んでる。

『ディ……』

苦しげな呻《うめ》き声《ごえ》。瀕死《ひんし》の吐息。息も絶え絶えの啜《すす》り泣《な》き。

充満する血のにおい――。

涙の溜まった青い瞳がわたしを見つめる。ヘレネ皇女だ。

『……て。あな、た……は……、……て……』

血まみれの指が、震えながら伸ばされる。

『……るわ。……オネ……』

囁いて、皇女は……。

にっこりと微笑んだ――。


「――――――――っ‼」

がばっ、とレアは跳ね起きた。

(何……今のは……⁉)

肋骨《ろっこつ》を突き破って飛び出しそうに、心臓がばくばくと跳ね回っている。

全身から冷たい汗が滴った。

帳の巡らされた寝台のなかは暗い。まだ真夜中だ。

常夜灯のランプの小さな灯が帳を透かしてかすかな影を投げかけている。

レアはこわばる指を無理やり伸ばして掌を広げた。

暗くてよく見えない。陰になった手がひどく黒々しく思えた。

夢のなかで真っ赤に染まっていた自分の手を思い出すと、狂乱の嵐が脳内で渦を巻いた。

「……いやぁっ……！」

レアは引きちぎるように帳を捲《めく》るとベッドを飛び出した。

裸足《はだし》のまま、白い夜着の裾をひるがえして扉を開け、控えの間を駆け抜ける。

廊下へ続く扉が壁にあたって跳ね返り、居眠りをしていた宿直《とのい》の侍女が、寝ぼけ眼で飛び上がった。

常夜灯にぼんやりと照らされた廊下を、無我夢中で走る。

何も考えずに向かった先はユーリの寝室だった。

皇帝の寝室の前には宿直の衛兵がふたり立っている。薄暗い廊下を何者かが走ってくることに気付いてさっと身構えたが、それがレアだとわかるとたじろいだ。

止めるべきか否かと彼らが迷っているあいだにレアは扉をこじ開け、なかに飛び込んだ。

「ユーリ！」

叫んで帳をめくり、ベッドに飛び乗る。

驚いて身を起こしたユーリに、勢いのままむしゃぶりついた。

「……レア？　どうした」

「たすけて、ユーリ！　こわい……、こわいよぉ……っ」

しがみつくレアをなだめながら、ユーリは帳の隙間から外を覗いた。

「何かあったのか？」

問われた衛兵たちは急いで首を振った。

「いいえ、陛下。変わりはございません。突然、レア様が走っていらして……」

「そうか。念のため、部屋を確認してきてくれ」

「はっ」

急いでひとりが駆けだした。ひぃひぃと幼児のように泣き叫ぶレアの背を撫でさすっていると、騒ぎに気付いた侍従長がガウン姿ですっ飛んできた。

少し遅れてメイジー夫人とアンナも駆けつける。

「陛下、いったい何事でございますか」

「大丈夫だ、なんでもない」

そこへ確認に行った衛兵が戻ってきて、異常なしと報告した。ユーリは頷き、持ち場に戻るよう指示した。

「悪夢でも見たのだろう。ミルクを温めて持ってきてくれないか。ブランデーと蜂蜜を少し入れて」

ただちにアンナが厨房《ちゅうぼう》に走る。

ほどなく温めたミルクが運ばれてきて、ユーリは全員をねぎらって下がらせた。

「ほら、飲んで」

嗚咽を上げて震え続けるレアをなだめすかし、カップを持たせる。

時折しゃくり上げながら、レアは少しずつミルクを飲んだ。

ブランデーの香りと蜂蜜の甘みが加わった温かいミルクが、だんだんと気持ちを落ち着かせてくれた。

空になったカップをサイドテーブルに置き、ユーリはレアの額にキスして優しく背を撫でた。

「大丈夫だ、俺が付いてる。何も怖がることはない」

小さく頷いて、彼の胸にもたれる。

しっかりと厚みのある胸板の感触と、規則正しい鼓動の音が安堵をもたらしてくれた。

「……ごめんなさい」

蚊の鳴くような声で呟くと、ユーリはレアの濡れた目許にチュッとキスした。

「謝るな。怒ってない。――いやな夢でも見たのかい」

こくりとレアは頷いた。

「……皇女様が夢に出てきたの」

「皇女？」

「ヘレネ皇女よ。……たぶん。金髪で、わたしにそっくりだったから……」

ユーリはかすかに息を呑み、無言のままレアの背をそっと撫でた。

レアはぎゅっと彼にしがみついた。

「皇女様、血まみれだった……。口から血を吐いて、胸の傷口からも、いっぱい血が流れ出してた……」

「……ただの夢だよ」

優しくなだめられたが、レアは彼の胸に顔を押し付けて激しくかぶりを振った。

「皇女様、怒ってるんだわ！　わたしがユーリを盗《と》ったから、怒ってるのよ」

「何を言ってるんだ、そんなわけないだろう」

「でもっ……」

「悪夢を見たんだよ。根も葉もない厭味を気にしすぎて、妙な夢を見ただけだ。レアの勘違いさ。ヘレネ皇女は怒ってなんかいない」

穏やかな口調で囁きながら、寝乱れたレアの髪を撫でる。

額や目許に繰り返し唇を押し当てられているうちに、恐ろしいほど鮮明だった夢の映像はほぼ

やけて遠くなっていった。

「……他にもいたの」

うとうとし始めながらレアは呟いた。

「ん？」

「男の人と、女の人と、男の子……。みんな……血まみれで、死んでた……」

「……夢だよ」

優しく諭す囁きに、こくりと頷く。

そう、夢よ。

全部ただの夢……。

そっと横たえられ、逞しい腕に抱き寄せられる。

彼の唇が額に触れた。

「大丈夫、側にいるから」

「ん……」

なじんだ彼の体温と香りが、安らぎをもたらしてくれる。

巣箱のように安全で安心な彼の胸のなかで、レアは心地よい眠りに落ちていった。

悪夢はもう見なかった。

翌朝、目覚めてユーリの顔を見たとたん、昨夜の失態を思い出してレアは赤面した。夢に怯えてユーリのベッドに飛び込むとは、まるで年端も行かない子どもみたいなことをしでかしてしまった。

恥じ入って詫びるとユーリは鷹揚《おうよう》に微笑んだ。

「レアが小さかった頃を思い出したよ。よく夜中に泣きだして寝つくまで添い寝したものだ」

懐かしそうに言って彼はぽんぽんとレアの頭を撫でた。子ども扱いされるのは癪《しゃく》だけど、実際寝ぼけて子どもじみたふるまいをしてしまったのだから致し方ない。

ユーリは普段より出かける時間を遅らせて、レアと一緒にゆっくりと朝食を摂った。

申し訳ないと思いつつ、このところ食事時もずっとぎくしゃくしていたので、穏やかな食卓を囲むことができてホッとした。

食事を済ませ身なりを整えたユーリは、出掛けにレアの目許にそっとキスした。

反射的に彼の袖を掴むと、目を瞠って彼は苦笑した。

「早めに戻るから。どうしても落ち着かなければ、遠慮せず執務室へ来なさい」

ふるふるとかぶりを振り、怪訝そうな彼に思い切ってねだる。

「く……、口がいいです」

彼は嬉しそうに笑ってレアの唇にそっとキスした。

何度か唇を重ね、名残惜しそうな顔で彼は出ていった。

「――仲直りされて、ホッとしましたわ」

アンナがにこにこしながらカップに紅茶のお代わりを注ぐ。

「ごめんなさい……。アンナまで起こしちゃったわね」

「びっくりしましたけど、ともかくよかったですわ。レア様がしょんぼりしていると、館の者までみんな暗くなってしまって」

「今後は気をつけるわ」

自分にも言い聞かせるつもりでレアは頷いた。

熱い紅茶をゆっくりと飲みながら、レアは昨夜の悪夢を思い浮かべた。明るい朝の陽射しのせいか、あんなに鮮明だった夢はもうすっかり白々と色あせている。

内容もよく思い出せない。どうしてあんなに怖かったのか、今となっては不思議なくらいだ。

真夜中に騒いで警備の衛兵をびっくりさせ、ユーリばかりか休んでいた使用人たちまで叩《たた》き起《お》こしてしまった。

そもそも自分が意地を張って拗ねていたのが原因だ。

(告解しなくちゃ。このところ全然してないわ)

告解は定期的に行なうことを勧められており、レアは真面目に週に一、二回は礼拝堂に通っていた。

罪の告白といっても寝坊したとか勉強中に居眠りしたとか、ちょっとした失敗ばかりだが、温厚な老司祭に聞いてもらって一緒にお祈りをすれば気分も晴れる。

宮殿から『逃亡』した罰としてしばらく外出禁止にされていたため、改めて考えてみると、最後の告解からもう半月以上経っている。

「……ねぇ、アンナ。まだ礼拝堂に行ってはいけないのかしら……？」

「かまいませんよ。お披露目の日をもって外出禁止は解けています」

「えっ、そうだったの？」

レアは驚いて目を瞠った。

あの日、エレナに意地悪されてすっかり落ち込み、以来レアは自分で自分を閉じ込めていたのだ。ずいぶんともったいないことをしてしまった。

頷いたアンナは少し厳めしい表情で指を立てた。

「ただし、一人歩きは慎んでくださいね。早急に新しい侍女をお付けする予定ですが、まだ選考中ですので、わたくしがお供します」

ベテラン女官のアンナに付き添いをさせるのは申し訳ないが、拉致されかかった経験のせいか、ひとりで出歩くのはなんとなく怖い。

あのときも、ひとりでフラフラしていて宮殿から迷い出てしまった。

「……カーヤを呼び戻すわけにはいかないのかしら」

「お気持ちは嬉しゅう存じますが、いずれ皇妃になられることを考えますと、いろいろと考慮しなければならないこともございます。まずは陛下とメイジー夫人とでふさわしい候補者を選び、そのなかから気に入った数名をレア様にお決めいただくことになるかと」

「そう……」

わかったわ、とレアは頷いた。

もうそんなことはないと思うが、自分が少々、いや、かなりぼんやりした性質だという自覚はある。よく気のつく、きびきびした侍女に付いてもらえれば安心だろう。

告解をしたら、執務室へ行ってみよう。遠慮せずに来ていいと言われたし、ユーリの近くにいれば安心だ。

(控室で編み物か読書でもしていれば時間はすぐに経つわ)

今夜は久しぶりに彼の耳かきもしよう。仲直りのしるしに。

悪夢のせいで気まずさが解消したというのも、なんだか変な感じだけど……。

ヘレネ皇女がふっと思い浮かび、レアは慌ててぷるぷると頭を振った。

(怒ってない！　皇女様は怒ってなんかいないわ。ユーリがそう言ったんだもの。ユーリは嘘なんかつかない……)

そう言い聞かせながら、彼女の面影がちらりと脳裏をよぎるたび、レアはどうにも落ち着かない気分になってしまった。

軽い昼食を摂ったあと、レアは身繕いをしてアンナとともに居館を出た。一応ユーリには都合を伺ってある。相手はできないかもしれないが、来るのはかまわないとの返答だった。

もちろんそれでいい。ただ近くにいたいだけだから。

午前中はよく晴れていたのに、昼前から雲が広がり始めた。礼拝堂はもともとそう明るくはないが、今日はステンドグラス越しの光も弱々しくて、いっそう薄暗い。

聖人の窓をいくつか廻って祈りを捧げ、アンナを後方の席に残して祭壇の前で跪いて祈っていると、レアに気付いたロサーノ司祭が近づいてきた。

「こんにちは、レア様」

「あ。こんにちは、司祭様。お久しぶりです。……あの、司祭長様は、まだ……？」

「だいぶ回復されたようですが、大事を取ってもうしばらく休養されるとのことです。しっかりした御方でも、なにぶんご高齢ですし」

「そうですね」

レアは頷いた。何か滋養になるものを差し入れよう。薬草シロップとか、どうかしら。

「では、副司祭長様は」

「あの方は緊急の用件で地方の教会を訪問なさっておられます。お戻りになるのはしばらく後になるでしょう」

「……そうなのですか」

なんとなく違和感を覚えつつレアは頷いた。司祭長が病気で休んでいるのだから、不在中は当然副司祭長が諸事を取り仕切るはずだと思うのだが……。

(緊急というくらいだから、すごく大事な用件なのよ)

内心で言い聞かせていると、ロサーノ司祭が軽く頭を下げた。

「ところで、陛下とのご婚約が整ったとか……。まことにおめでとうございます」

「ありがとうございます」

ハッとしたレアは、にっこり微笑んで返礼した。

(そうよ。わたしは皇帝陛下の婚約者なんだわ。何事もきちんとしなければ)

決意して、レアはロサーノ司祭を見つめた。

「告解をしたいのですが、聞いていただけますか?」

「もちろんです」

ロサーノ司祭は柔和な微笑を浮かべた。

告解室に入り、目を閉じて小声で聖句を唱えていると、格子窓の向こうに司祭が入ってきた。

「神を信じ、犯した罪を告白なさい」

低い声で促され、レアはぎゅっと指を組み合わせた。

「お赦しください。わたしは罪を犯しました。……」

言いよどんだレアはこくりと唾を呑み、己を叱咤《しった》した。

(今日こそきちんと告解するのよ！　もうずっとごまかして、言うべきことをきちんと言ってないんだから)

「……昨夜、悪夢にうなされて夜中に飛び起き、陛下や使用人たちに迷惑をかけました」

まずは直近の失敗を報告する。

「どのような悪夢を見たのですか?」

「い……、言わなければいけませんか」

「神はしばしば夢を通じて私たちに語りかけて来られます」

そう言われては黙っているわけにはいかない。あの悪夢は妙に生々しく、現実味があった。

もしかしたら、神様が示してくださっているのかも。

失った、幼い頃の記憶への手がかりを。

「──ヘレネ皇女が、夢に出てきたんです」

思い切って告白すると、沈黙を挟んで低い声でロサーノ司祭は呟いた。

「前王朝の第一皇女ですね」

「はい。あの、わたし……、その方に似ているらしいのです。髪と瞳の色を除けばそっくりだと……」

「続けて」

「それを聞いてわたし、すごくイヤな気分になってしまったんです」

「何故ですか」

「その……、ユーリ――皇帝陛下が、ヘレネ皇女のことが好きで、だからわたしをお妃にしてくれるのではないかと、疑ってしまって……」

「嫉妬したのですね」

「……はい」

レアは深くうなだれた。改めて指摘されると胸が痛い。だが、そのとおりだ。自分はヘレネ皇女に嫉妬して、ユーリの気持ちを疑ってしまった。

「夢のなかで、ヘレネ皇女はあなたに何か言いましたか」

「えっ？　いえ……、何か言われた気はするんですけど、聞き取れなかったというか、思い出せないというか……」

「他に夢に出てきた人はいますか？」

「はい。あの、中年の男の人と女の人。それから、十五歳くらいの若者です」

「その方々は何をしていましたか？」

「……っ」

どくんと不穏に鼓動が跳ね、レアはぎゅっと両手を組み合わせた。

「どうしました?」

「あの……」

みんな死んでいた。それも口から血を吐いたり、傷口から大量に出血して……などと口にするのはどうにも気が進まない。

(正直に言わなきゃ。せっかく神様が何か教えようとしてくださっているのだもの)

どう言ったらいいかと逡巡していると、格子窓の向こうから低い囁き声がした。

「亡くなられていたのではありませんか?」

びっくりしてレアはロサーノ神父を見つめた。彼の横顔は陰に沈み、見えるのはぼんやりとした輪郭だけだ。

「ど……どうしてそれを……?」

「あなたが見た夢は、皇帝陛下のご一家がお亡くなりになった場面でしょう」

きっぱり言われてレアは唖然とした。

「えっ、ユーリの家族……⁉」

思わず口走ると、ロサーノ司祭は憤慨したように鼻を鳴らした。

「前王朝の最後の皇帝、ロドルフォ帝のご家族ですよ! 先の皇帝一家が追い詰められて服毒心中した……とされていることは、あなたもご存じでしょう?」

「それは……聞いていますけど……。でも、どうしてわたしがそんな夢を? ヘレネ皇女のことを考えていた影響でしょうか」

「おそらくそれがきっかけとなって、記憶を揺り動かしたのでしょうね。封じられた、本当のあなたの記憶を」

「……⁉」

レアはぎょっとして司祭のシルエットを見つめた。

何故そのことを知っているのか。レアが幼い頃の記憶を失っていると知っているのはごく限られた者だけなのに。

老司祭長はそのうちのひとりだ。彼が話したのだろうか。いや、あの思慮深い老人が、軽率に人に喋るとは思えない。

急に格子窓の向こうにいるのが得体のしれない人物に思えてきて、レアは震える喉をこくりと鳴らした。

気配を察したか、ロサーノ司祭は奇妙な含み笑いを洩らした。

「心配することはない。私はあなたの味方です」

「味方……？」

「何故、前皇帝一家の最期の場面を夢に見たのだと思います？」

はぐらかされてとまどったレアは、うっかり司祭の語る話に引き込まれてしまった。

即座に告解室を飛び出して、ユーリの元に駆けつけるべきだったのに、『何故』と問われてつい考え込んでしまったのだ。

「何故って……、ヘレネ皇女のことを考えていたからでしょう……？」

「それは違う。あなたは『見た』のですよ。夢として現れたその光景を、自分の目で、実際に目撃したのです。何故ならあなた自身がその場にいたからです」

「わたしが⁉」

「そう。あなたはロドルフォ帝と皇后アクリーナ様のあいだに生まれた三人のお子たちのひとり、第二皇女ディオネ様だ」

高らかに、誇らしげに宣言し、ロサーノ司祭はぐっと身を乗り出して格子窓に鼻先を押し付けた。

レアは呆気に取られてぽかんと司祭を見返した。

「な……、何を言ってるの？　わたしが第二皇女……⁉」

「そうですとも。あなたがヘレネ皇女に似ているのは不思議でもなんでもない。実の姉妹なのですからね。むしろ当然です」

「ヘレネ皇女が、わたしの姉ですって……⁉」

「そうです。ヘレネ様がお亡くなりになったのは御年十八のみぎり。ディオネ様、まさしく今のあなた様と同じ年頃です。そっくりなのも、むべなるかな……」

「わたしはレアよ！　その、なんとかいう皇女様じゃないわ！」

カッとなってレアは叫んだ。むろん告解室のなかなので声をひそめてではあるが、精一杯の抗議を込めて言い返す。

「そんなもの、あの汚らわしい裏切り者――カッシーニ大尉が勝手に付けた名にすぎません。大尉は皇帝ご一家の警護役という栄誉ある役目を拝命しておきながら、身の程をわきまえぬ暴徒の群れに加わって、大恩あるご一家を裏切ったのです！　そしてついには正統なる後継者から帝位を簒奪《さんだつ》し、それと知らせぬまま利用している。おわかりになりませんか、ディオネ皇女。他ならぬあなた様のことですぞ！」

自分に酔《よ》い痴《し》れたように大仰な台詞を吐き、ロサーノ司祭は非難がましい目つきでレアを睨んだ。

「あなたはこのザトゥルーネ帝国の唯一正統な支配者であるボイゼル朝の、たったひとりの跡継ぎなのです。そのことを忘れたまま簒奪者に嫁ぐなどもってのほか！　結婚するとしても、ご身分を全国民に対し明らかにした上でなければなりません。ボイゼル朝の皇女として、皇位継承権者として、不埒な簒奪者を跪かせることが肝要です」

「あ、あなた、奇怪《おか》しいわ！　いったい誰なの……⁉」

「この国を追い出された貴族……とだけ言っておきましょう」

司祭は芝居がかった仕種で頭を下げる。レアは息を呑んだ。

(旧貴族……！)

前王朝で広大な領地と大勢の農奴を抱えていた大貴族。皇帝におもねり宮廷での権勢を独占し、雲行きが怪しくなれば財産を掻《か》き集《あつ》めていち早く国外逃亡を図った連中だ。

レアは顔をこわばらせて低く囁いた。

「旧貴族は、持ち出した財産を一旦返却して審査を受けることに同意しない限り、帰国は許されていないわ。密入国は厳罰に処される……。一刻も早く出頭なさい。ユーリは公平な人だから、正直に名乗り出れば――」

「あなたのご家族に毒を盛ったのがあの男だとしても、公平だなどと言えますかな？」

早くこの場を離れたくてそわそわと腰を浮かせたレアに、司祭は嘲《あざけ》るように言い放った。

「な……っ、ユーリが皇帝一家を殺したと言うの……⁉」

「そうですとも。分不相応な野心を抱いていたあの男は、たまたま皇帝一家の警護役を仰せつかったのをさいわい、まずはヘレネ皇女に接近した。しかしヘレネ様は美しく純真な心を持っていただけでなく、非常に聡明な方でしたからね。外見に惑わされることなく、カッシーニ大尉の腹黒さを見抜かれた。それに気付いた大尉は革命軍の決起を利用してご一家全員の口を封じてしまうことにしたのです。革命のなりゆきを悲観し絶望した皇帝のご家族が、毒を呷《あお》って心中したように見せかけて――」

「冗談じゃないわ」

我慢ならず、長広舌《ちょうこうぜつ》を遮ると、レアは目を怒らせて司祭を睨んだ。

「ユーリがそんなことするわけないでしょう⁉」

「あなたは騙されているのですよ、ディオネ様」

「レア！　もしもあなたの言うことが本当で、わたしがディオネ皇女だとしたら、どうしてわたしは今こうして生きているの？　ユーリは一家を皆殺しにしたんじゃないの？」

ロサーノ司祭は焦って口ごもった。

「そ、それは、たまたま……。――そう、あなたが記憶を失われたからですよ。悪魔のような男にも哀れみを感じる心がいくらか残っていたのか……、いや、いずれ利用するつもりだったに違いない。現にあの男は、あなたに真実を告げないまま結婚しようとしている。自己満足ですよ。由緒正しい王朝の血をひそかに取り込むことで、己の卑しさを相殺しようと企んでいるのです」

「ユーリはそんな人じゃないわ！　わたしはユーリと十一年も一緒に暮らしてきたのよ。大切な家族として十一年を過ごしたの。彼がどんな人か、ちゃんとわかってる」

自分で口にしたとたん、彼と過ごした年月がどんなにかけがえのないものであるかが胸に迫り、目の奥が熱くなる。

(そうよ。ユーリは正義感の強い人だわ。絶対に、そんな卑劣なまねなんかしない)

レアは立ち上がった。

「直接ユーリに訊きます。わたしが本当にディオネ皇女なら、ごまかしたりせずにちゃんと教えてくれるはずよ。わたしが記憶を失った理由も、皇帝一家が亡くなった顛末も」

「お待ちなさい！　だったら証拠をお見せします」

焦ったロサーノ司祭が声をひそめて叫ぶ。レアは扉を開けようとした手を止めた。

「……証拠？」

「そうです。証拠です」

ロサーノは大きく頷いた。

そんなものあるもんですかと疑いつつ、口から出任せとも言い切れずに迷う。ユーリに対する疑惑よりも、この司祭――そもそも本当に司祭なの？――が何を企んでいるのか気になった。

「だったら見せて」

「もちろん、お見せしますとも」

司祭は余裕を取り戻して微笑んだ。もはやその笑顔はまったく信用ならなかったが。

座るよう促され、しぶしぶ座り直す。

司祭はもったいぶった仕種で隠しから何かを取り出した。太い指に包まれてよく見えない。

告解室には物を遣り取りするところはないので、格子窓の隙間に彼は何かを押し付けた。

「手を出して」

仕方なく手を出すと、ぽとりと何かが掌に落ちてきた。

指で摘んで見てみると、それはくすんだ金のカフスボタンだった。

レアは疑わしげに司祭を見返した。

「これのどこが証拠なの」

「証拠は中に入っています」

「中？」

「ええ。ちょっとその、脇のほうを押してみてください。開きますから。——そう、その辺りです」

「——いッ⁉」

眉をひそめてカフスボタンをいじっていたレアの指先に、ちくりと鋭い痛みが走る。

薄暗いなか目を凝らすと、ボタンから小さな針が飛び出していた。

レアは眉を吊り上げて司祭を睨んだ。

「なんのつもり⁉　悪ふざけもいいかげんにして」

憤然と立ち上がったとたん、ぐらりと眩暈がした。

頭からさーっと血が下がり、全身の力が抜けて椅子に座り込んでしまう。

「な……に……」

弱々しく喘ぎながら壁にもたれかかる。息が苦しい。視界がぐるぐる廻っている。

(何……？　なんなの……⁉)

助けを呼ぼうにも声が出ない。身体も動かない。いっそ倒れてしまえば、物音でアンナが気付いてくれるだろうに。

指先がかすかに震え、真っ青になったレアはぐったりと壁にもたれたまま意識を失った。

格子窓の向こうでロサーノ司祭が額の汗をぬぐって溜息をついた。

「ふぅ……。まさかこんなところで役に立つとはな。もらっておいてよかった」

司祭は音を立てないように用心しながら、通常の入り口とは反対側の壁をまさぐった。

鈍い音がして鍵が外れ、暗がりが現れる。

元は非常用の脱出路で、皇帝がひそかに宮殿を抜け出すときなどに用いられた。存在を知っているのは正副の宮廷司祭長だけだ。

今の司祭長は革命後に昇進したので知らないだろう。副司祭長も革命後に異動してきた。

ということは、もちろんユーリも知らないはず。

（まさか、こんなふうに使うことになるとはな……）

ロサーノはかつて宮廷司祭長を務めたことのある伯父から抜け道の存在を教わった。

実際には聖職者の資格などないのに、俗世の欲を捨てきれない副司祭長に多額の賄賂を贈って宮廷司祭として入り込んだのだ。

いざというときのため、真っ先に確認したのはこの隠し通路だった。

裏から回り込み、レアのいる側の隠し扉を開ける。意識を失ったレアが倒れかかってきて、慌てて支えた。

（彼を怒らせるかもしれないが、やむをえん……）

万が一の場合にでも使え、と意識を奪う薬を仕込んだカフスボタンを寄越《よこ》した人物の冷笑を思い浮かべ、ロサーノは青ざめてぶるりと頭を振った。

（正体を知られた以上、黙って帰すわけにはいかん！）

通報されれば身の破滅。

ディオネ皇女を引き込み、かつての権勢を取り戻す計画が水の泡だ。

元通りに両方の隠し扉を閉めると、司祭はぐったりしたレアを肩に担ぎ、壁を手さぐりしながらよろよろと暗闇のなかを歩き始めた。

第七章 〈永遠の園〉へ……

ぼそぼそと低い話し声が聞こえてきて、レアは意識を取り戻した。

まだ頭は濁った泥水をかぶったようではっきりせず、身体も重く痺れている。

長椅子か何かに寝かされていることは感触でわかった。なんとか身を起こそうとして、後ろ手に縛られていることに気付く。

精一杯眼球を動かして辺りを探ったが、薄暗くてよくわからない。もう夜なのだろうか。

話し声は背もたれの向こうから聞こえてきた。そちらに背を向けて横たわっているので聞き取りにくかったが、懸命に耳を澄ませた。

「……まったく、軽はずみなことをしてくれたものだ」

冷ややかな男の声。

誰だろう、聞いたことがあるような、ないような……。

言い訳がましくそれに応えた声はロサーノ司祭だ。

「記憶が戻ったのではないかと、つい焦ってしまったんだ。仕方なかろう、婚約発表に向けて、着々と準備が進んでいるのだぞ。このままでは我々が返り咲くチャンスが失われてしまう。ディオネ皇女には何がなんでも前王朝の皇女として結婚してもらわねば……！」

「ふん、身元の知れない娘では困る……か？」

「当然だ！　あくまでボイゼル朝の皇女として、正統な帝位継承者として、あの男の地位を保証してやる、という絶対上位の立場が重要なのだ！」

「情けない。自分たちで事を起こし、権力を奪い取る気概はないのか」

挑発するような声音に、ロサーノは悔しげに口ごもった。

「し、仕方あるまい。軍も警察も奴に押さえられているのだから……っ」

「さもしいことだ。皇女様のおまけとして立場を認めてもらおうなどと。そうまでして帰りたいほど、この国が懐かしいのか？　……いや、そうではなかろう。持ち出した莫大な財産も放蕩三昧で食いつぶし、借金まみれになって亡命先から逃げ帰ってきた。もう行き場がないから、失った領地を返してもらってかつてのように安楽に暮らしたい——。どうだ、違うか」

露骨な嘲りの口調に、荒々しい鼻息が響いた。図星を刺されたらしい。

睨《にら》み合《あ》うような沈黙がしばし続いた。

「——では、どうすればよかったというのだ？」

ふてくされたようなロサーノの声がした。冷たい声が答える。

「今さら帰すわけにもいかないな。こうなったらせいぜい利用するまで。どうやらカッシーニの奴は元皇女にご執心らしい。単に利用価値があるというだけでなく、ずいぶんと気に入っているようだ。取り戻すためならなんでもするだろう。……そうだな、返してほしければディオネ皇女であることを明かした上で彼女との婚約を発表し、結婚を祝すための恩赦を確約させる……というのはどうだ」

「おお、それはいい！」

ロサーノの声が弾む。相手の男は含み笑いをした。獲物を前に獣が唸るような、すごくいやな笑い方で、レアの背中にぞっと冷や汗が浮かんだ。

正体不明の男は妙な猫撫《ねこな》で声《ごえ》で続けた。

「亡命貴族に課せられた帰国の条件もすべて撤廃させるといい。持ち出した財産を返却しろと言われても、すでにすっからかんなのだろう？」

「う、うむ……。しかし領地さえ返してもらえれば、暮らしはどうにでもなる。そうだ、農奴どもを連れ戻し、革命前の豊かな生活を取り戻すのだ！」

憤懣《ふんまん》やるかたない、といったふうにロサーノは歯ぎしりした。

「くそ、カッシーニの奴め……！　農奴どもに我々の領地を勝手に分配なんぞしおって。我らの土地は先祖代々、子々孫々まで我らの所有物だ！　農奴どもも同様。奴らは領地の付属物なのだからな。その土地に生える木々が一本残らず領主の所有物であるように、農奴も我らの所有物だ。主人のために働くことこそ神の思し召《おぼめ》しなのだ」

熱に浮かされたようにぶつぶつとロサーノはひとりで喋り続けた。

相手の男は同意も煽りもせず、ただ黙っている。

その沈黙の不穏さがひしひしと伝わって、レアの背中はますます冷たくなった。ロサーノは時折しゃっくりのような笑い声を挟みながら相変わらず無頓着に喋り続けている。

ものに憑《つ》かれたようなその声が、ふいに途切れた。かすれた呻き声と衣擦れの音に続いて、どすんと何かが床に倒れる音と振動が響いた。

レアは身体をこわばらせ、必死に耳を澄ませた。

嫌悪と侮蔑に満ちた口調で、誰かわからぬ男が低く吐き捨てた。

「クズめ。貴様らの滅亡こそが神の思し召しだ」

ロサーノの瀕死の吐息がかすかに聞こえた気がする。

その後はいくら耳を澄ませても聞こえるのは自分の激しい鼓動の音だけだった。

(殺された……！　ロサーノ司祭は殺されてしまったんだわ……！)

もしや次は自分の番……⁉

しかし、足音はこちらには近づいてこなかった。

ごそごそと衣擦れの音が続き、ぎいっと蝶番の軋む音がして扉が開く。

廊下から光が射し——日の光だ！——、レアが顔を向けている壁に影が浮かび上がった。

真っ黒なその影を見たとたん、何故だかわからないが心臓が飛び出しそうな、同時にぱたりと鼓動が止《や》むような、相反する衝撃にレアは凍りついた。

シルエットからすると、裾の長い一続きの衣服をまとっているようだ。足元の塊はロサーノ司祭の死体に違いない。

レアは息を止め、限界まで目を見開いてその影を凝視した。影はわずかに振り向き……、しかし引き返そうとはせず、ロサーノの死体を足で廊下に押し出すと扉を閉めた。

室内にふたたび薄闇が満ちる。レアは真っ青になってドクドクと響く自分の鼓動を必死に抑えようとした。扉の向こうまで聞こえてしまいそうで、恐ろしくてたまらない。

どれくらい時間が経ったか……、謎の男が引き返してくる気配はなく、レアの動悸《どうき》はようやく鎮まり始めた。

（落ち着いて！　とにかく落ち着くのよ）

何度も自分に言い聞かせる。

パニックになったときはまず呼吸を整えなさいとユーリから教わった。

鼻から息を吸って、口を軽くすぼめて息を吐く。細く長く鼻から吸って、細く長く口から吐く。軍で使われている呼吸法だ。

何度か繰り返すうちに気分が落ち着いてきて、どうにか冷静さを取り戻せた。

（ここがどこかはわからないけど、まだ夜になってはいないわ）

さっき見えた光は陽光だった。礼拝堂に行ったのは昼過ぎだから、丸一日意識を失っていたのでなければ、たぶん同じ日の夕方だろう。

（だったらそう遠くまでは来ていないはずよ）

馬車に乗せられたとしても、帝都《キロン》の周辺か、もしかしたらまだ市内という可能性もある。

とにかく外に出なければ。後ろ手に縛られただけでなく、足首も拘束されている。まずは手首を自由にしようともがいたが、きつく縛られていてどうしても手を抜くことができない。

「もう、ちょっ、と！　なの、に、ぃっ」

歯を食いしばり、痛みに耐えながら全力を込める。

唸りながらもがいているうちに、レアは寝かされていた長椅子から転げ落ちてしまった。

ドスン！

床には絨毯《じゅうたん》が敷いてあったものの、支えもなく落ちたのでけっこうな音が響いた。

レアは青くなって身をこわばらせた。

どうしよう、さっきの男が戻ってくるかも！

仲間をためらいもなく殺すような男だ。レアを取引に使えと言ったのだって本気かどうかわからない。

ロサーノがレアを拉致したことを咎めていたし、けしかけたかと思えば一転していきなり殺してしまった。まるで予測が付かない相手ほど恐ろしいものはない。

埃《ほこり》っぽい絨毯に頬を押し付けて固まっていると、恐れていた物音がした。

ギィイ……、と不吉な音をたてて扉が開いたのだ。

レアは真っ青になって息を殺した。転がり落ちたときに身体が反転して逆向きになってしまったので壁は見えない。今度は長椅子の足元の隙間から戸口が見えた。

誰かの足……。逆光で黒いシルエットしか見えないけれど、裾の長い服——あの男だ！

（殺される！　やだっ……、助けてユーリ！　ユーリ……！）

心の中で必死に叫ぶ。絨毯を踏む足音がゆっくりと近づいて……。

「——あらっ⁉」

と、妙に裏返った声がした。

その人物は倒れ臥すレアのかたわらに屈み込み、急いで肩を抱き起こした。

「レアさん、大丈夫？」

気づかわしげに問われ、ぎゅっとつぶっていた目をびっくりして開けたレアは、さらなる驚きに目を瞠った。

「シ……、シスター……⁉」

心配そうにレアを見つめていたのは、いつか街で悪漢に拉致されそうになったレアを助けてくれた修道女、マドレーンだったのだ。

黒い修道服と黒い被り物《ウィンプル》に身を包んだシスター・マドレーンはホッとした顔で頷いた。

「可哀相に……。待ってね、今ほどいてあげるわ」

マドレーンは四苦八苦しながら手足の拘束を解いてくれた。

もがいたせいでかえって結び目がきつくなってしまったようだ。

「どうしてあなたがここに……⁉」

ようやく四肢が自由になり、擦《す》り剥《む》けた手首をさすりながら尋ねると、マドレーンはシーッと唇に指を当てた。

「大声出してはだめよ。気付かれてしまうわ」

こわごわと戸口を窺う彼女を見て、レアはハッと気付いた。

「ま……、まさか、さっきの男の人……、カルナック司祭なんですか⁉」

「シッ、静かに！　……そうなのよ。司祭様、実は亡命貴族だったの。善い方だと思っていたのに……」

呆然とするレアに頷き、マドレーンは溜息をついた。

「……それじゃ、シスターも……？」

「わたし？　いいえ、わたしは貴族じゃないわ。司祭様がこっそり帰国した亡命貴族だということは薄々気付いていたけど……」

シスターは言葉を切り、眉根を寄せた。

「時々ね、立派な身なりのどこかの司祭とひそひそ話をしていたの。なんとなく変だな……とは思ったのよ。今日も、その人が妙に切羽詰まった様子でやってきたものだから、つい気になってこっそり立ち聞きしていたら、皇女を攫《さら》ってきたとかなんとか、とんでもないことを言っているでしょう。びっくりしてうっかり物音を立ててしまって」

脅されて馬車に押し込まれ、無理やり連れてこられたのだという。

「ここ……どこなんですか……？」

室内を見回しながらレアは尋ねた。

薄暗いのはどの窓も厚手のカーテンで覆われているからだ。マドレーンが入ってきたとき完全に扉を閉めなかったので、廊下からの明かりでいくらか室内の様子がはっきりした。

家具調度はどれも立派なものだが、古びて埃っぽい。

空気も澱《よど》んでかびくさく、まるで廃屋のようだ。

「郊外の森のなかよ。革命前の皇帝が使っていた離宮らしいわ」

「えっ……」

せっかく鎮まった鼓動がまたもや跳ね、レアはぎゅっと胸を押さえた。

なんだろう、すごくいやな感じだ。胸がドキドキして背中に冷たい汗がにじむ。

「レアさん？　どうかした？」

「い、いえ……。なんでも……」

うろたえながらかぶりを振る。何故だか急に怖くてたまらなくなった。

「気付かれないうちにここを出ましょう」

シスターの言葉に一も二もなく頷いた。

一刻も早く逃げ出したい。ユーリの胸に飛び込んで、ぎゅっと抱きしめてもらいたい。

扉の隙間から廊下を窺ったマドレーンが、振り向いてレアに頷く。

後について廊下を忍び足で歩きながら、レアは小声で尋ねた。

「あの……、ロサーノ司祭は……?」

マドレーンは眉根を寄せ、黙って首を振った。

やはり彼は死んでしまった。殺されたのだ。カルナック司祭に。

レアは髭もじゃで黒眼鏡をかけた、大柄な司祭の姿を思い浮かべた。

一見怪しそうだが、話した感じではそれほど悪い人とは思えなかったのに……。

初冬の陽射しはすでに傾き、森蔭《かげ》に沈んで廊下はさっきよりだいぶ暗くなっていた。

かつてはぴかぴかに磨かれていたであろう床の羽目板には埃が白く積もり、壁にかけられた何枚もの肖像画もすっかりくすんでいた。

なんだか肖像画のなかからじっと見られているように思えてレアは身震いした。

それだけではない、さっきからすごく妙な感覚につきまとわれている。

(……わたし、ここを知ってる気がする……)

何度も来たことがあるような……? 違和感と既視感が奇妙に混ざり合う。

レアは足を止め、呆然と周囲を見回した。

「どうしたの、レアさん？」
気付いたマドレーンが足を止めて振り向いた。
「わたし……、ここを知ってる。前にも来たわ。ずっと昔……」
ふ、っと誰かに呼ばれた気がして、レアは廊下の奥を見つめた。
突き当たりには両開きの扉がある。
あそこは居間《サロン》だわ。庭へ続くバルコニーがあるの……。
ふらふらとレアは奥へ向かって歩きだした。慌ててシスターが後を追う。
「だめよ、レアさん。そっちへ行ってはだめ。早く出ましょう」
掴まれた腕を振り払い、レアは駆けだした。
いかないと
(行かなくちゃ。みんなが待ってる)
走り出したレアはたちまち幼い頃に戻って扉に取り付いた。
みんなここに集まってる。
お父様。お母様。お姉様。お兄様。
これからみんなで外国へ旅行に行くのよ――。
開いた扉の向こうに、幻の光景が広がった。

立派な髭をたくわえて、フロックコートに身を包んだお父様。

美しく髪を結い、大粒の真珠を耳に飾って旅行用のツーピースドレス姿のお母様。

お姉様も同じような格好で、でも何故だか浮かない顔。

お兄様が不機嫌そうなのはいつものこと。

お父様が七宝焼《エマーユ》の小箱から白い錠剤を取り出して、一粒ずつみんなに渡す。

これから長い旅に出るから、酔いどめの薬を飲むんですって。これを飲めばいい気分になって、眠っているあいだに目的地に着くのだそうよ。

飲むのはやめましょうとお姉様が言うと、お母様が叱った。

これは天使様がくださった薬よ。天使様はコンラートの病気を治してくださった。今回の『旅行』も天使様が万事手配してくださったの。おまえは天使様を信じないの？

いいえ、お母様。

お姉様は悲しげに首を振った。

お父様がわたしたちのグラスにワインを注ぐ。わたしだけはスグリのシロップ。あなたはまだ小さいからこちらにしなさい、とお姉様が取り替えてくださった。

お姉様はこっそりわたしに耳打ちした。

薬は飲まないで。

でも、お姉様。馬車に酔ったらいやだわ。

スグリのシロップを飲めば大丈夫よ。もし酔ってしまっても、きっとカッシーニ大尉が来てくれるわ。

嬉しくなってわたしは頷いた。大尉に会えるなら気分の悪さくらい我慢できる。

ユーリ・クリスティアン・カッシーニ大尉。

大好きなユーリ。もうずっと会っていない。

わたしたちを『うらぎって』、『かくめいぐん』に加わったとお父様は怒っていらした。

そんなの信じない。ユーリは優しい人だもの。

わたしを『初雪姫《はつゆきひめ》』と呼んで、綺麗な薔薇をくれたの。わたしの瞳と同じ色だと言って。

どんなときも、何があろうと、彼は守ってくれる。

そうだわ、わたしが馬車酔いして気持ち悪くなれば、心配して一緒に来てくれるかも！

彼に会いたい一心で、お姉様に言われたとおりにした。こっそりと薬を足元に落とし、靴で踏んで隠したの。お姉様はにっこりと微笑んだ。

でも、他のみんなは飲んだの。気が進まない様子だったけど、お姉様も飲んだ。

それから。

それから。

ああ、それから……！

みんな、ひどく苦しみだして――。

レアは呆然と客間を見回した。他の部屋と同じ、埃とかびの匂い。澱んだ空気。降り積もった埃の下、なおもくろぐろと残る血溜《だ》まりの跡……。

(わたし……、ここにいた……)

どす黒い血を吐いて苦しむ家族の姿を目の当たりにして、どうすることもできず泣きながらガタガタ震えていた。

そこへ誰かが入ってきた。

コツン、カツン。

……そう、足音がした。こんなふうに――。


誰かが部屋の中を歩き回ってる。

よろよろと、足を引きずるように。

低くて聞き取れない呟き。ゾッとするような笑い声。

黒い影が倒れている人たちに覆《おお》い被《かぶ》さり、ナイフを突き立てている。何度も何度も。

もがいていたお父様は、ぐったりと動かなくなった。

喉からの異音も止まってしまったお兄様にも、影は同じようにナイフを振り降ろした。

ゆらりと立ち上がった影が振り向く。顔は見えない。ただの黒い塊だ。その手に握られた血まみれのナイフだけがギラギラと輝いて……、先端から紅い雫《しずく》が滴っている。

死神だ。

死神が、わたしたちを連れ去ろうとしている。

黒い影が、ゆっくりとナイフを振り上げる。みんな死んだ。今度はわたしの番……。

ふ、と影の動きが止まった。

影は左右を見回し、じっと耳を澄ますような仕種をした。

わたしにも聞こえた。どこかで扉が開く音。

一部屋一部屋確かめながら、その音は確実に近づいてくる——。


「……そっちへ行ってはいけないって、言ったのに」

シスター・マドレーンが背後で囁く。

くすりと笑い声が響き、同じ場所から全然違う声が聞こえた。

「本当に、皇女様はひとの言うことをお聞きにならない。困った方だ」

一段低く、冷え冷えとした侮蔑に満ちた声。

この声を知ってる。ずっと前に何度も聞いたわ。

天使様。

お母様のお気に入りの、若い宮廷司祭。

ご祈祷《きとう》でお兄様の癇癪《かんしゃく》がよくなったって、お父様も信用していた。

名前は、そう――。

ゆっくりと、レアは振り向いた。

シスター・マドレーンが微笑んでいた。彼女は頭部を覆っていた被り物《ウィンプル》を掴み、一気に取り払った。金茶色の長い髪が、ばらりと肩にかかる。

ふたたび微笑んだその顔は、まったく同じなのに全然違っていた。

もはやそれは修道女《シスター》ではなかった。優しげな美しい顔立ちをしていても、この人は男性だ。

「………ダニエル・ミュゲ司祭」

「おや。覚えていてくださったとは」

にこりと彼は口許をほころばせた。その目はどこまでも冷ややかだ。

あれから十一年も経つというのに彼の顔立ちはほとんど変わっていない。

女性的というよりは中性的な、優しげな相貌。穏やかな話し声。

なのにレアは――ディオネは彼が怖かった。

両親は彼を信用していた。特に母はほとんど盲信していた。天使様と呼び、崇拝していた。

それでもレアは、彼の目に宿る底無しの冷たさが怖くてたまらなかったのだ。

口許で優しく微笑むほど、その鮮やかな青い瞳は酷薄さを増した。同じ青系の瞳でも、温かくて優しいユーリの水色の瞳とは全然違っていた。

「……あなたが、お父様に毒を渡したんだわ」

「そのとおり。仮死状態になる薬だと偽ってね」

くくっとダニエルは軋んだ笑い声を上げた。

「追い詰められて心中したことにして、葬られた後にひそかに救い出す……という計画です。むろん口先だけのこと。実際には全員そのまま死んでいただくつもりでした」

彼は肩をすくめた。

「首尾を確かめに来てみれば、第二皇女だけが薬を飲まなかったようで泣きじゃくっていた。やむなくこの手で始末しようとしたところ、死に物狂いで立ち上がった第一皇女に後ろから刺されてましてね」

「……っ」

息を呑み、レアはよろめいた。

そうよ、思い出したわ……！

姉は死力を振り絞って妹を守ろうとした。護身用の短剣を犯人《ダニエル》の背に突き刺したのだ。

しかし急所を外れ、奪い取られた短剣は姉の胸に突き立てられた。

瀕死の状態で痙攣するばかりの両親や兄にも……。

「今でも時々傷痕が疼くんですよ。まったく忌ま忌ましい」

ダニエルは毒づき、背中をさすった。

「まぁいいでしょう。なるべく長く苦しむように毒を調合しておきましたが、急所を外して刺すことでさらに苦痛を与えることができましたからね」

「どうしてそんなっ……」

「我々の受けた苦しみをお返ししただけですよ。ロドルフォ帝個人に恨みはありませんが、彼はこの国の統治者なのだから、代表してお受け取りいただいた」

混乱するレアに向かってダニエルは天使の笑みを浮かべた。

父と兄の信頼を勝ち得、母と女官たちを擒《とりこ》にした魅惑の笑み。

その瞳の奥には、凍りついた憎悪が巧妙に隠されていたのだ。

生来の善良さと鋭敏な感性に恵まれたヘレネはそれに気付いた。幼いディオネは理解できなくとも本能的に恐れ、近づくことを避けた。

炎が広がるように、彼の笑顔が憎悪に蝕《むしば》まれていく様を、呆然とレアは見つめた。

彼は声をひそめて囁いた。

「……私の両親は農奴でした。とある大貴族の『持ち物』だったのです。両親も、兄弟たちも、みな敬虔《けいけん》で純朴な人たちでしたよ。神への祈りをかかさず、朝から晩まで懸命に働いた。なのに、自分たちが育てた農作物はすべて領主に取り上げられ、わずかな給金をはたいてわざわざ買わねばならなかった。ごまかそうものなら徴税人に死ぬまで鞭で叩かれた。……実際、父はそれで死にました。生まれたばかりの妹に山羊《やぎ》のミルクを買ってやろうとしたんです。弱った母は充分な母乳を出せなかったのでね」

ダニエルの目がかすかに潤んだ気がしたが、瞬きしたときにはさらに瞳は冷たく凍っていた。

「栄養不足で病気になっても薬も買えない。そうやって私の母も兄弟たちも、ひとり、またひとりと死んでいきました。地元の司祭が思い余って領主に手紙を書き送っても、なんの音沙汰もなかった。徴税人に握りつぶされたか、あるいは一読しただけで暖炉に投げ込まれたのかもしれませんね。その司祭はまもなく辺境へ異動になり、新しい司祭はただ、〈永遠の園《ラーイ》〉での幸せのために祈りなさいと繰り返すだけでした」

彼は悽愴《せいそう》な微笑を浮かべ、小声で皮肉っぽく聖句を唱えた。

「……領主は自分の土地にほとんど帰らず、帝都の豪華な屋敷で贅沢三昧《ぜいたくざんまい》に暮らしていました。それをいいことに徴税人は私腹を肥やす。実質的には彼らが農奴の生殺与奪の権限を握っていたんですよ。まさにやりたい放題だ」

「ちょ……、徴税人制度は廃止されたわ。今は政府が任命した税務管理官がきちんと――」

なんとか言い返そうと試みたが、ダニエルは侮蔑の視線を向けた。

「彼らが腐敗しないと、どうして言えます？ 権力者に大事にされて何不自由なく育ったあなたに、何がわかると言うのですか」

冷たく揶揄されてレアは絶句した。

「あなたのような人には決してわからない。……地獄というのはね、聖典が説くように死んだ後に罪人が赴く、この世ならざるどこかではないのですよ。まさにこの地上にあり、そこで呻吟《しんぎん》しているのは無辜《むこ》の民なのです。彼らに罪があるとすればそれは無知であったこと。力を持たず、持とうともせず、どうやったら力を持てるのかと考えることさえしない蒙昧《もうまい》さです」

断罪する彼の声には一片の憐《あわ》れみも感じられなかった。

ダニエルはふたたび冷酷な天使の笑みを浮かべた。

「そうはいってもかけがえのない家族。復讐《ふくしゅう》は私の義務です。私は司祭に取り入って神学校に入り、司祭となって権力者に近づいた。ひそかに彼らに鉄槌《てっつい》を下すことにしたのです。……しかし徴税人を殺しても、領主を殺しても、何故だか一向に気が晴れない。徴税人も領主もすぐに別の人間が取って代わり、何事もなかったように同じことが繰り返される。蜥蜴《とかげ》の尻尾切りみたいなもので、なんの解決にもならない。地獄を消し去るためには、この国を徹底的に破壊し尽くすことが必要だ」

言葉を切り、くすくすとダニエルは笑った。青い瞳に狂熱がゆらめく。

「そのように考えていたのは私だけではなかった。この国は本当に腐っていましたからね。ついに革命が起こった。これが神の啓示でなくてなんなのです？　悪の帝国は滅びなければならない。古代の魔都のように……。私は神への捧げ物として、まずはこのような地獄を現出させた責任を、国の代表者である皇帝に取っていただくことにしたのですよ」

「だ……、だからお父様を騙して……毒薬を渡したの……⁉」

レアは悲鳴まじりに叫んだ。ダニエルは鬱陶しげな顔で肩をすくめた。

「私の家族と同じ苦しみを味わっていただいただけですよ。ロドルフォ帝は革命派との話し合いに応じず、ひたすら旧体制の維持・存続にしがみついた。挙げ句、形勢不利と悟ればあっさり国を捨てて亡命しようと目論《もくろ》んだ」

「あなたがそそのかしたんでしょう⁉」

「私は協力を頼まれただけです。もっとも、そんな相談をもちかけてきた時点で皇帝一家に神が下される判決は『死』以外にはないと確信しましたがね」

彼は黒い尼僧服のポケットから短剣を取り出した。

「……これは、私を刺したヘレネ皇女の護身用短剣を模したものです。本物はあなたに持たせてしまったのでね。記憶を頼りに作らせましたが、なかなかの出来ばえでしょう？」

レアは慄然とその美しい短剣を見つめた。

鞘から抜き出した刃先に唇を寄せ、ダニエルは微笑んだ。

「あのとき私は何もあなたを見逃してやったわけじゃない。殺すより、家族殺しの罪を着せたほうがおもしろいと思ったのです。小さなあなたは大きすぎるショックですっかり茫然自失《ぼうぜんじしつ》していて、短剣を持たせるのは簡単だった。ところが残念なことに、『殺したのは自分だ』と暗示をかけている最中に思わぬ邪魔が入った。傷の痛みのせいでいつものように集中できず、確信が持てないまま、やむなくあの場を離れたわけですが……」

レアは唇を噛み、キッとダニエルを睨んだ。

「記憶はなくしたけど、暗示になんかかからなかったわ！」

暗示にかかることを無意識に拒否して、記憶を失ったのかもしれない。あるいは家族の酷い死にざまを目撃したショックで記憶を失い、かけられた暗示の効果が失われたのだろうか。

ディオネ皇女としての記憶をなくし、別人《レア》として歩み始めた。そう名付けてくれたユーリにしっかりと守られて。

ダニエルはわざとらしく嘆息した。

「残念です。しばらく身を隠しながら様子を窺っていたのですが、皇帝一家の死は心中とされ、あなたも死んだことにされた。幼い皇女が家族を殺したという発表はなく、それらしき噂話も聞こえてこない。――カッシーニ大尉があなたを隠していることは知っていましたよ。革命軍と入れ違いに、何かを大事そうに抱き抱えて彼らが逃げていくのを森に身をひそめて見ていましたから。まさか彼が皇帝となり、新たな王朝を開こうとは。あのときは思いもしませんでした……」

彼は無念そうに顔をしかめた。

まるで、知っていたらあの場で殺してやったのに、と言いたげだ。

「妙な悪ふざけなどせず、一思いに殺しておくべきでしたね。そうすれば、カッシーニ大尉も皇帝になろうなどと大それた野望は抱かなかったでしょうに」

「ユーリを皇帝に推挙したのは革命議会よ！」

カッとなって言い返すと、ダニエルは肩をすくめ、嘆かわしげにかぶりを振った。

「まったく……、どこまでも馬鹿でおめでたい皇女様だ。あの男を聖人君子とでも思っているんですか？　野心などひとかけらも持たないと？」

「――野心なら、たっぷりあるさ」

冷徹な声が背後から響いた。

ダニエルの肩ごしに、軍装で拳銃を構えるユーリの姿が見える。レアは反射的に叫んだ。

「ユーリ……っ」

「動くな」

彼がどちらに言ったのか定かではない。

次の瞬間ダニエルは短剣を振り上げ、同時に銃声が響いた。

短剣が吹き飛び、床に倒れたダニエルが右手を押さえて絶叫する。

すばやく歩み寄ったユーリが、床に落ちた短剣を踏みつけた。

彼は苦痛に顔をゆがめるダニエルに銃口を向け、冷然と見下ろした。

「久しぶりだな、ミュゲ司祭」

冷ややかな声に、ダニエルはギリッと歯噛みをして憎々しげにユーリを睨《ね》め付《つ》けた。

「……どうしてここが」

「カルナック司祭に聞いた。奴は貴様の正体に前から気付いていたが、あえて黙っていたんだ。臑《すね》に疵《きず》持つ者同士、触れないほうがいいと思ったらしいな」

「ふん……、とっとと殺しておけばよかった」

どくどくと血が流れる傷口を押さえながらダニエルは歯ぎしりまじりに吐き捨てた。

ユーリの銃は彼の掌を正確に撃ち抜いていたのだ。

「手当てが済んだら、すべて喋ってもらうぞ。ロドルフォ帝とその家族を毒殺したことについては、もう疑いの余地はないが」

「……手当てなど結構ですよ。何も喋るつもりはありませんから、ね……！」

渾身《こんしん》の力で床を蹴り、ダニエルはユーリに飛び掛かった。

ユーリの喉めがけて血まみれの手がぐんと伸ばされる。

ふたたび銃声が響いた。

ダニエルの身体が丸太のようにごとんと床に倒れ、白い埃が舞い上がる。

仰向けに倒れた彼の額に、赤黒い小さな穴が空いていた。見開かれた青い瞳にはもはや光はなかった。

彼は笑っていた。

哄笑《こうしょう》する悪魔のごとく、彼の唇はつり上がったまま永遠に動きを止めた。

硝煙の立ち上る銃口をぴたりとダニエルに向けたままユーリは左手で合図をした。

イリヤを先頭に十人近くの兵士がたちまち姿を表わす。

兵士たちはダニエルの死体を手際よく運び出し、最後にイリヤが一礼して出ていった。

ユーリはおもむろに拳銃を腰のホルダーに戻して向き直った。

「怪我はないか?」

心配そうに問うユーリの表情には、先ほどの冷厳さは跡形もない。ただひたすらレアの身を案じ、気遣う実直さが胸に迫って、レアは彼に飛びついた。

「……ごめんなさい!」

むしゃぶりついて叫ぶ。ユーリはそっとレアの背に手を置いて囁いた。

「怒ってないよ」

穏やかな声。初めて会ったときから、いつだって彼は真摯で優しかった。

跪いて深紅の薔薇を差し出してくれた彼の微笑みが、鮮明に思い浮かぶ。彼にとっては深い意味はなかったのだろう。ただ、泣いていた幼い皇女をなぐさめようとしただけで……。

そのときから、ずっと彼に恋していた。

ディオネからレアに変わっても、想いは変わらなかった。

「さぁ、帰ろう」

彼の胸に顔を押し付けたまま頷く。帰るべき場所は、もうここにあるけれど。

終章　初雪姫の幸せな結婚

宮殿に戻ると、目を真っ赤に泣き腫らしたアンナが飛びついてきた。いつも落ち着いている彼女が安堵のあまりおいおい泣きだし、メイジー夫人もハンカチでしきりに目を押さえる。

今回はアンナの落ち度ではない、と懸命に訴え、わかっているとユーリは苦笑した。

アンナは告解が長すぎると不審を抱き、そっと告解室の扉を叩いた。

返答はなく、耳を扉に押し付けても人の気配が感じられない。

思い切って扉を開いたアンナは、レアとロサーノ司祭が消えていることに仰天し、ユーリの執務室へ走った。

告解室から絶対に目を離さなかったとアンナは断言した。

革命前から忠実に仕えている彼女が、今さら見え透いた嘘をつくとは思えない。先日もカーヤが目を離した隙にレアが行方不明になるという事件があったばかりなのだから尚更《なおさら》だ。

告解室を破壊する勢いで調べると、隠し扉が見つかった。床には針の飛び出した怪しいカフスボタンが落ちていた。焦っていたロサーノ司祭が回収を忘れたのだ。

壁のなかの通路は宮殿の外まで延び、現在は閉鎖されている小さな礼拝堂につながっていた。くまなく捜索したがそこは無人だった。

まさかレアを担いで逃亡したとも思えず、近くの貸し馬車屋をあたると案の定、司祭が馬車を一台借りたという。

「――でも、どうしてわたしがテミスの離宮にいるってわかったの？」

運ばれてきた紅茶で喉を潤し、ホッと一息ついてレアは尋ねた。どっしりした獅子脚のソファに並んで座ったユーリが、やはり紅茶のカップを口許に運びながら肩をすくめた。

「以前から、亡命貴族の密入国が相次いでいることが問題になっていてな。誰がどこに潜んでいるのか調査を進めていたんだ。カルナック司祭の教会も同様。奴は亡命貴族で、元軍人だ。さらにいえば士官学校の同期生でね」

「えぇっ⁉」

ユーリは『家出』したレアを連れ戻しにいったとき、カルナック司祭と会っている。髭と黒眼鏡で人相をごまかしていたが、おどおどした態度にピンと来るものがあって、ひそかにユーリは彼のことを調べさせた。

カルナック司祭は本名をレイナルド・ヴァイアと言い、大貴族の三男坊だった。気が弱く、まったく軍人向きではないのに、次男は聖職者に、三男以下は軍人に、という家風により有無を言わさず士官学校に入れられた。

特に親しくはなかったが、彼がいじめられているところに見かねたユーリが割って入ったことが何度かある。

士官学校での成績はぱっとしなかったものの、生家が大貴族だったため彼もまた首席のユーリと同じく宮廷警備の任に就いた。

「革命が起こると奴は早々に家族とともに亡命した。まさか戻ってくるとは思わなかったな」

「ご家族も一緒に……？」

「いや。亡命先で流行り病にかかって、生き残ったのは彼だけだそうだ。せめて遺髪だけでも故郷に収めたい、と身元を偽って帰国した」

他の帰国亡命者同様、ユーリは彼を捕らえるのではなく見張らせることにした。

レアが彼の教会にいたことがただの偶然なのかどうか、にわかに判断がつかなかったので、特に厳重に監視させた。

「レアを連れ戻した後、身元は伏せたまま謝礼を届けさせた。シスター・マドレーンからそのときの状況とかいろいろ聞き出してきたんだが、報告ではさすがにシスターがミュゲの変装とは気付かなかったな。まさか女装しているとは思わなかった」

「女の人にしか見えなかったもの」

レアも頷いた。襟の詰まった尼僧服を着ていたので喉元が見えず、もともと中性的な顔立《た》ちで声色を使うことにも長けていた。レイナルドも顔を知らなければ気付かなかっただろう。

「シスター・マドレーンがわたしを助けてくれたのは、本当に偶然だったと思うわ」

彼女はレアの顔を見て驚いていた。ヘレネ皇女によく似た顔立ちと純白の髪、深紅色《ワインレッド》の瞳から、ディオネ皇女だと気付いたのだろう。

「……親切に、してくれたのよ」

レアは呟いた。ダニエル・ミュゲがディオネ皇女を憎んでいたとしても、シスター・マドレーンはレアに親切だった。

カップを置いたユーリがレアの肩を抱く。ことりとレアは彼にもたれた。

「ロサーノが——これも偽名だが——こんなことをしでかさなければ、ミュゲも二度とはおまえに近づかなかったかもしれないな」

帰国した旧貴族たちを焚《た》き付《つ》けていたのはカルナック司祭——レイナルドではなく、シスター・マドレーン——ダニエル・ミュゲのほうだったのだ。

彼は不遇を託《かこ》つ旧貴族たちに接近し、実はディオネ皇女は生きているのだと暴露して、言葉巧みに煽《あお》り立《た》てていた。

ダニエルは革命の成り行きに不満を抱いていた。議会共和制になったのに、内紛で混乱を極めた挙げ句、結局は帝政に戻ってしまったのが許せなかったのだ。

「でも……、ユーリは農奴解放とか、教育改革とか……、いろいろな政策を断行してきたわ。それって彼が望んでいたことと一緒じゃないのかしら」

ユーリは眉根を寄せ、しばし考え込んだ。

「……奴の望みは『変えること』ではなかったのかもしれない」

「じゃあ、何？」

「壊すこと……かな。徹底的に壊したかった。破壊し尽くすことで、復讐をなし遂げたかったんじゃないか」

「その後はどうなるの？　復讐を終えたら何が残るの」

「何も。彼はただ、すべてを壊して……死にたかったのかも」

レアは絶句した。

「……そんなの寂しすぎる」

「そうだな」

ユーリはしがみつくレアの髪を撫で、こめかみにキスした。

しばらくユーリは黙ってレアを抱きしめていた。

そのうちに扉がノックされ、遠慮がちにイリヤが顔を出した。

ユーリは頷き、レアに優しくキスをすると『まずはゆっくり休みなさい』と囁いて部屋を出ていった。

アンナの勧めで湯浴みをし、軽い食事を摂ってベッドに入った。

ユーリが戻るまで眠らずに待っているつもりだったが、安心したのかしばらく経つと強い眠気に襲われて、レアはそのまま寝入ってしまった。

優しく目許にくちづけられる感触で、ふっとレアは目を覚ました。

気付いたユーリが眉を垂れる。

「すまん、起こしたか」

「いえ！　起きてました」

慌てて身を起こすとユーリは苦笑して、なだめるようにぽんぽんと頭を撫でた。

彼はすでに夜着に着替え、ガウンをはおっている。もうだいぶ夜更けのようだ。

「話は明日にしよう。今夜は休んだほうがいい」

「だ、大丈夫よ。それより、あの……」

「ん？」

「その……」

レアは口ごもった。テミス離宮からの帰り道、馬車に揺られながらずっと迷っていた。やはり、きちんと告げるべきなのだろうか。自分がディオネとしての記憶を取り戻したことを。

それを口にしたら何かが壊れてしまいそうで怖い――。

逡巡するレアをじっと見つめていたユーリが、穏やかに尋ねた。

「記憶を取り戻したんだね？」

「……っ」

ベッドの上掛けをぎゅっと握りしめ、思い切ってこくりとレアは頷いた。

「そうか……。ディオネ皇女、私は――」

改まった口調に目を見開き、レアは全身でぶつかるようにユーリに抱きついた。

「レア！　わたしはレアよ。ユーリが名付けてくれた……、レアだもの……。ディオネは死んだの。家族と一緒に、テミスの離宮で死んだの……！」

そっとユーリの手がレアの背中に回る。

「……それでいいのか？」

懸命に頷いた。

「いいの！　今さらわたしがディオネだと明かしたところで、なんにもならないわ。もうこの国には必要のない存在だもの。かえって混乱の元よ」

すでにそうなりかけている。帰国した亡命貴族たちはディオネを利用して、かつての地位を取り戻そうと画策しているのだ。

「……ロサーノ司祭が言ってたわ。旧王朝の皇女として結婚させ、自分たちに有利な条件で恩赦を要求するんだって。そんなこと、わたしはしたくない。だって、自分たちだけでさっさと逃げ出した人たちなのよ？　踏みとどまってくれたら、きっとお父様も……」

死んだことにして逃げようなんて、極端なことは考えなかったはず。

　ユーリはそっとレアの髪を撫でた。

「ダニエル・ミュゲに悪い影響を受けていたんだよ。奴はとんでもない山師だ。どこで身につけたのか、生まれ持った才能なのか……、人に暗示をかけ、自分に都合よく動かすことに長けていた。気付かれないうちに洗脳してしまう——催眠術だな。コンラート皇太子の癇癪を抑えることができたのは、暗示をかける力がたまたま良い方向に働いたというだけだ」

「それをお母様は、神から授かった特別な力なのだと信じ込んだのね」

　天使様。母は彼を、崇拝のまなざしでそう呼んでいた。

　それもまた、催眠術だったのだろうか……。

「……怖い」

「大丈夫だ。奴は死んだ」

　力強い言葉に頷きながらもレアの不安は消えない。

「やっぱりディオネは死んだままのほうがいいと思うの……。この国に帰りたいと願う人たちは、許してあげてほしい。でも、前と同じ生活を取り戻したいという、ただそれだけなら、そんな勝手はもう通らないのだと諦めてもらいたいわ。変な希望を持たせるようなことはしたくない。そのために利用されるのも絶対いや」

「利用させたりするものか。俺だって同じだよ。自分の野心のためにディオネ皇女を利用するなんてまっぴらだ」

　ふとレアは顔を上げた。

「そういえば、ユーリの『野心』って何？　『野心ならたっぷりある』って、あのとき言ってたけど……」

「それは……。この国を、もっともっと良くしたいんだ。誰もが安心して暮らせる、豊かで平和な素晴らしい国に」

　少し照れたように、だがきっぱりとユーリは言い切った。

　レアは胸が熱くなり、言葉に詰まりながら囁いた。

「……だったら、やっぱりディオネ皇女はいらないわ」

「ただのレアでいいのか？　身元不明のままでも」

「ただのレアがいいの。馬の骨って言われても平気よ」

　目を瞠ったユーリが苦笑して、唇にチュッとキスした。

「世界でいちばん可愛い馬だな」

　ユーリが食むようにしっとりと唇を重ねる。

　熱っぽく互いの唇をついばみあい、目許を染めてレアは囁いた。

「だからね。あの嘘、使ってもいいわ」

「嘘？」

「ユーリがお姉様のことが好きだった……とかいう、『方便』よ。お姉様は悪く思われていなかったから、とやかく言うひとはいないと思うの。ただ、その……」

言《い》い淀《よど》み、目線で促されて思い切って口にした。

「あのね。ユーリ、本当は、本当に、お姉様のこと好きだったんじゃないの？」

「だからそれは方便だと言ったじゃないか」

呆《あき》れ顔《がお》になるユーリに、レアは赤くなって言い返した。

「だってわたし、思い出しちゃったのよ！　お姉様とユーリがふたりでひそひそ話をしていたの……。お姉様、泣いてたみたいだった」

ユーリは溜息をついた。

「それはたぶん、愚痴というか泣き言というか……。ヘレネ皇女は、王侯貴族だけの贅沢な世界に閉じこもって外に目を向けようとしない両親や廷臣たちを諌《いさ》めようと心を砕いたが、誰にも見向きもされなかった。それを悪しざまに罵る方ではなかったが……、それでも時には陰でこっそり嘆いていた」

たまたまユーリがそれを見かけ、時折話をするようになったという。

「ユーリは泣いている女の人には、誰にでも優しいのよね」

ちょっと拗ねて呟くと、彼は慌てた。

「言っておくが、政治的な話だぞ？　ヘレネ様は国政に興味をお持ちで、とてもよく勉強されていた。正直、弟君のコンラート様より頭の出来も性質もよかった。ヘレネ様が皇太子だったらよかったのに……と陰で溜息をつく者も多かったんだ」

「そうね……。わたしも、お兄様よりお姉様のほうが好きだったわ。お兄様は、些細《ささい》なことですぐに腹を立てて召使を怒鳴りつけてばかりいたの。継承順位が年の順ならよかったのに」

レアは溜息をついた。両親は一人息子を溺愛し、甘やかすばかりで……。気付いたときにはもう取り返しがつかなくなっていたのだ。

「……本当の『天使様』はお姉様だったのかもしれないわ」

「うん……、そうだな」

考え深げにユーリは頷いた。

そんな彼を見上げ、ふと思う。姉は本心ではユーリのことが好きだったんじゃないかしら。ただユーリが気付かなかっただけで。彼はそういうことには疎そうだから。

「……ユーリがわたしを好きになったのは、顔は関係ないの？」

「関係ない。――いや、もちろん可愛いと思ってるぞ！　ヘレネ様に似てきたな、と感慨深くもあった。だが、レアを好きになったのは……」

「なったのは？」

ユーリは目許を染めて口ごもった。

「その……、可愛いなと思ったからだ」

「？　お姉様のことは？」

「お美しい方だとは思ったし、気高いご気性に感服していたが……、可愛いとは感じなかったな。何故なのかはわからん……。その、そっくりな顔でも、何故かレアはやたら可愛く思えて仕方ないというか……。とにかく理由は不明だ」

彼の照れ顔を見ているうちに、レアの頬もだんだんと熱をおびてくる。

「わたし、そんなに可愛い……？」

「ああ、世界で一番可愛いぞ」

言い切る口調は可笑《おか》しいくらいに生真面目で衒《てら》いがない。

レアはたまらなく嬉しくなって、ぎゅっと彼に抱きついた。

「ユーリも世界で一番格好いいわ！　ずっとそう思ってたの。薔薇をもらったときから、ずっと……」

いつかこの深紅の薔薇にふさわしい貴婦人になると心に決めた。それを思い出せてよかった。ふさわしいと思えないなら、ふさわしくなれるよう努力すればいいと言ってくれたメイジー夫人の言葉が思い浮かぶ。

そうだ。これからだって遅くはない。

「しかし、本当にいいのか？　俺みたいなおじさんと結婚して。レアはまだ十八だし、いつか俺よりふさわしい相手が……」

悩ましげな呟きに、レアは驚いて顔を上げた。

「ユーリがおじさんだなんて思ったことないわ！」

こんなに素敵な彼が、自分は相手にふさわしくないと思っているなんて、すごく変な感じ。

(わたしたち、似たようなことを考えてたのね。可笑しい)

くすっと笑い、レアは唇を押し付けた。

「……好きよ、ユーリ。大好き。愛してるわ」

「ああ、レア。俺も愛してる」

真摯に答え、彼はキスのお返しをくれた。抱き合って唇を吸い合ううちに、どんどんくちづけは深くなって、いつしか濃厚に舌を絡めあっていた。

軽く息を乱したユーリが欲望を秘めた瞳でレアを見つめる。

「すまん……。レアのこと、すごく欲しくなった……」

「わたしも」

顔を赤らめて囁き返す。ユーリは夜着を剥いでレアの肩を露出させながら首筋に舌を這わせた。ぞくぞくする感覚が下腹部から沸き起こる。

ユーリは裸体に剥いたレアをリネンにそっと横たえた。

「綺麗だ」

囁いて膝頭を優しく掴み、そっと脚を広げる。純白の薄い茂みのなかで、ピンクの花弁が初々しく花開いた。ユーリは身をかがめ、伸ばした舌で根元から花芯を舐め上げた。

「ひゃん……っ」

頼りない悲鳴を上げ、赤くなって口を押さえる。

くすりと笑ったユーリはさらに花芽を舐め突ついた。

指の隙間から乱れた吐息を洩らしながらレアは快感に煽られるまま腰をくねらせた。

「はぁっ……、あん……」

繊細な花びらが震え、奥処からとろとろと甘蜜が誘い出される。

ユーリは舌で掬《すく》った蜜をていねいに花芯にまぶし、ちゅくちゅくと吸いねぶった。

同時に腿の内側に掌を這わせ、優しく上下に撫でさすられて、ぞくぞくと快感が込み上げて背がしなる。

(気持ちいい……)

うっとりとレアは吐息を洩らした。彼の舌で秘処を探られる心地よさは格別だ。

恥ずかしさなどあっというまに蒸発し、我を忘れて沸き上がる快感を貪ってしまう。

花襞がひくひくと戦慄き、絶頂に昇り詰めてレアは恍惚とした。

身を乗り出したユーリが愛おしげに頬を撫で、くちづける。

舌を絡めながら、彼は濡れた茂みに手を差し入れ、震える媚蕾を指先で転がすように弄んだ。

「んっ、んぅ」

彼のうなじに腕を回し、レアは夢中で唇を重ねた。キスのあいまにユーリが甘く囁く。

「レアの此処は桃みたいだな。透けるように白い産毛がピンクのふくらみに重なって……。果肉は甘く、やわらかく、みずみずしい」

淫靡な囁きに煽られて、彼の指を銜《くわ》え込んだ蜜襞が恥じ入るように震えた。

「ぁ……、ユーリ……っ」

きゅうっと下腹部が捩《よじ》れるような快感に眉根を寄せ、切れ切れに熱い吐息を洩らす。

痙攣する媚壁をユーリの指先がくすぐるようにゆっくりと撫でた。

入り口近くの浅い場所を、彼は円を描くように掻き回した。

指先を出し入れされるたびに、ちゅぽちゅぽと淫らな蜜音が大きくなってゆく。

彼はレアの蜜孔をまさぐりながら、もう片方の手で乳房を揉みしだいた。淡い色の乳輪ごと口に含んで吸い上げ、尖った乳首の先端を舌で突つくように転がす。

痺れるような快感に喘ぎ、レアは頼りなく左右に首を振った。ユーリの黒髪に手を差し入れ、夢中で頬を撫でる。

「ユーリ……、ユーリ……」

うわ言のように名を呼び、彼の愛撫によって生まれる甘美な愉悦に陶然とした。

乳房を両方とも征服するとユーリは身体を起こし、浅瀬をさまよっていた指をぐっと奥へと押し込んだ。

すでに愛蜜と唾液で濡れそぼっていた媚窟は抵抗なく侵入を受け入れる。しっかりした関節に襞をこすられる感触に、レアはぞくりと震えた。

「ぁン……」

確かめるように何度かゆっくりと前後させると、すぐに指は二本に増えてリズミカルな抽挿を始めた。ぬぽぬぽと出し入れされる感覚に下腹部がたまらなく疼く。

「ん……、ユーリ、だめ……」

「気持ちいいだろう?」

優しく問われ、潤んだ目を伏せてこくりと頷く。

「どんどん蜜があふれてくる。ほら……」

さらに指の動きが速くなり、誘いだされた熱い媚液が腿にまで飛び散った。

「やぁっ！　だめっ、そんな、した……ら……っ」

レアは真っ赤になって身じろいだが、抽挿はますます勢いを増してレアの花筒を刺激した。

ついにぷしゅりと蜜潮が弾け、レアは悲鳴を上げて両手で顔を覆った。

「……ゃ……、だめって……言ったのに……。ユーリのばかぁ……」

「たくさん出たな」

くすりと笑い、見せつけるようにユーリは濡れた指をぺろりと舐めた。

「もぅっ……！」

恨みがましく睨むと彼は機嫌を取るようにレアの唇を甘く吸った。

唇を吸いねぶりながら口腔を舌でまさぐられる心地よさに、レアはたちまち夢中になった。

「ん、ん」

彼にしがみついて、舌を絡める。きつく絞られるとぴりっとした痛みに涙が浮かんだが、それくらいでユーリとの交歓を妨げることはできない。

眩暈がするほど淫靡で官能的なくちづけを長々と交わし、ようやくユーリが離れたときには半開きになったレアの唇はぽってりと紅く腫れていた。

ユーリは欲望と慈愛の入り交じった瞳でしげしげとレアを見つめ、果実のような唇を指でたどった。

「レアは本当に可愛いな……。食べてしまいたいくらいだ」

囁いたユーリは夜着を脱ぎ捨てて裸体になると、レアの腰を膝の上に引き上げた。

脚を大きく開かれ、熟れた果実が自然と弾けるように、くぱりと秘裂が割れる。

ぬめった熱い塊を押し当てられ、レアは喘いだ。期待で背筋がぞくぞくする。

ズッ……、と怒張が襞を割り広げながら侵入し、レアは反射的に肩をすぼめた。

隘路をいっぱいに押し広げ、張り詰めた淫刀が一息に根元まで埋め込まれる。

「は……ッ、あぁ……」

充実感に瞳が潤む。ユーリが腰を引き、最奥に打ち込まれた熱杭が先端近くまで引き抜かれた。何度か浅い場所を出入りし、ふたたび奥まで今度はゆっくりと挿入される。

抽挿のたびに、ぬちぬちと淫蕩《いんとう》な水音が響いた。

レアはリネンに肘をついて身体を起こした。

「すまん、痛かったか？」

気づかわしげに問われ、ふるりと首を振る。

「繋がってるところ……見たい……」

頬を染めて囁くと、彼はくすりと笑って少し腰を引いた。

「見える？」

こくんと頷く。

逞しい彼の雄茎が自分の秘処に埋め込まれている光景は、なんだかすごく不思議だった。

自分のあそこはとても狭いのに、どうしてこんなものを受け入れられるのだろう。

最初はすごく痛かったけど、今ではまったく痛みはない。いつも挿入前にユーリは指や舌で充分に媚肉をほぐしてくれる。

ユーリの雄は皮膚の色より少し浅黒い。下生えは髪と同じ黒褐色だ。

男性の下腹部をまじまじ見つめるなんてはしたないとは思うが、愛するユーリの肉体の一部が自分と繋がっているのを見ていると嬉しくて、ドキドキして、ひどく昂奮してしまう。

潤んだ瞳で熱っぽく見つめていると、彼は少し照れたように笑った。

「気持ちいいかい?」

「ん……、とっても……。ユーリは?」

「もちろん、すごく気持ちいいよ」

彼は囁いて、腰を大きく押し回した。

固く締まった先端でごりごりと奥処を穿たれると、子宮から痺れるような快感が込み上げる。リネンをぎゅっと掴み、レアはもう何度目かわからない絶頂に達した。

花弁の戦慄きを堪能したユーリは、優しくレアの身体を抱き起こした。

根元まで屹立を呑み込み、密着した腰を揺らしながらくちづけを交わす。彼の背に腕を回したレアは、肩甲骨や背骨の固い手触りにうっとりした。

ユーリは上体を倒して寝そべった。

「自分で動いて達してごらん」

「えっ……」

彼の下腹部にぺったりと腰を落とした格好で、レアはとまどった。

ユーリは頭の後ろで手を組み、悪戯っぽく笑う。

「こうしてるとレアの可愛い顔も身体もよく見える。レアが感じているところが見たいんだ。見せてくれるだろう?」

「そんな……」

顔を赤らめて睨んでも、ユーリはそのかすように笑うだけだ。どっちにしろ彼の淫楔で深々と貫かれているし、何度も達したせいで甘く痺れたままの下肢には力が入らない。

レアは綺麗な筋の浮きでた彼の腹部に手をつき、おずおずと腰を揺らした。

ずっとユーリにされるままだったので、自分でどう動いていいのかよくわからない。

「当たると気持ちいいところを探すんだ」

当惑しながら不器用に腰を蠢《うごめ》かせているうちに、だんだんとうまい動かしかたがわかってきた。少しずつこすられる場所を変えながら腰を振っていると、ぞくんと稲妻のように強烈な快感が走り抜けた。

「あッ……」

びくっ、と喉を反らしたレアは、気付けば無我夢中で腰を振り立てていた。にんまりするユーリの顔が目に入ってカッと目許が熱くなったが、もはや腰は勝手に動いて止まらない。

「や……、何これっ……、とま……なぃっ……」

あっあっと嬌声を上げながらレアは淫らに腰を振りたくった。

羞恥と昂奮でぽろぽろと涙がこぼれる。

「やだっ……、ユーリ……っ」

「大丈夫、綺麗だよ」

レアを見上げながら、なだめるようにユーリは微笑んだ。

「ふっ、ぅ……」

不規則にしゃくり上げながら腰を振る。気持ちよくて、恥ずかしくて、止めたいのに止まらない。車輪が坂道を転がり落ちるように、とめどなく愉悦がふくれ上がる。

汗ばんだ乳房がふるんふるんと揺れ動く。粗相したように結合部からぽたぽたと淫蜜が滴り落ちた。頭がぼうっとして、もはやこの快楽を極めることしか考えられない。

「んっ、あんっ、ふぁあ……」

はぁはぁと熱い吐息を洩らしながらレアは快楽を貪った。

味わえば味わうほどに、もっともっと欲しくてたまらなくなる。

「ユーリ……、ユーリぃ……」

泣き咽《むせ》ぶようにレアは喘いだ。

「ああ、レア。俺も気持ちいいよ」

上擦った彼の囁きに、少しだけ羞恥がやわらぐ。

（ユーリも気持ちいいなら……いいわ……）

潤んだ瞳で微笑み、身体が欲するままに腰を振る。蜜まみれの花襞はさっきから痙攣したまま、熱いものを欲して貪欲に雄茎を締めつけ、きゅうきゅうと絞り上げている。

「ふぁ……、は……ッ」

「……っ、レア」

ユーリは少し慌てたように身を起こしたが、くっと顔をしかめて唸った。

レアは恍惚としたまま腰を振り続ける。

歯噛みしたユーリはほっそりしたレアの腰を掴み、さらに激しく突き上げた。

ぱちゅぱちゅと濡れ襞が扱かれ、蜜がしぶく。

「……っ」

獣のように唸ってユーリは欲望を解き放った。

待ちわびた熱い奔流がどっと押し寄せ、レアは襲いかかる悦楽にうっとりと身をゆだねた。

ずくずくと腰を突き上げ、すべての淫欲を吐き出すと、ユーリは力なく倒れかかるレアを抱き留めて溜息をついた。

「まったく……、可愛い顔してとんでもないじゃじゃ馬だな」

吐精を終えてもユーリはしばらく己を蜜鞘に収めたまま、蓋をするようにぴったりと密着していた。

飛んでいた意識がやっと戻ってきてレアが身じろぎすると、ユーリはおとなしくなった肉槍を慎重に引き抜いた。

掻き出された白濁がとろりと滴り落ちる感覚に、ふるりと身震いする。

陶然と余韻に浸るレアの顔を満足げに見つめ、ユーリは何度もキスをした。

「レア」

優しい囁きに頬をすり寄せる。

「好き……、ユーリ……」

眠気に引きずられながら朦朧と呟いた。温かな唇がそっと重なる。

広く逞しい懐に抱かれて、レアは満ち足りた眠りに就いた。


色とりどりの薔薇が咲き誇る、六月――。

帝都の大聖堂から、澄んだ鐘の音が響きわたった。

輝かしい礼装軍服の新郎と、純白のウェディングドレスに身を包んだ新婦が出てくると、十重二十重に聖堂を取り囲んでいた大群衆から一斉に歓声が上がった。

ザトゥルーネ帝国、新王朝の創始者である皇帝ユーリは、この日ついに生涯の伴侶を得た。

革命から十二年、即位から九年が経っていた。

花嫁が身元不明の孤児であることをとやかく言う者もいたが、臣民のほとんどは新生帝国の象徴としてむしろ歓迎した。

「ごらんよ！　まぁ、なんてお綺麗な、可愛らしい御方《おかた》だろう」

大聖堂前の広場に集まった人々は、堂々たる美丈夫の皇帝の傍らで手を振る清楚な花嫁の姿に感嘆し、溜息をついた。

まだ二十歳にもならない初々しい花嫁は、純白の婚礼衣裳にも負けない雪のように白く輝く髪と、手にしたブーケの薔薇によく似た深紅色《ワインレッド》の瞳をしている。

それはまるで穢《けが》れを知らぬ天使のようで……。

誰かがそう口にすると、周囲の者も次々に頷いた。

「神様が皇帝陛下に天使様をお遣わしになったに違いないよ」

「本当に、お似合いだねぇ」

ふたりが深い愛情と信頼で結ばれていることが、微笑み交わすまなざしや、互いを思いやる仕種から伝わってくる。

ふたりは歓呼の声を上げる群衆を見回しながら、しばし笑顔で手を振ると、腕を組んで階段を降り、薔薇とリボンで飾られた無蓋馬車に乗り込んだ。

馬車を引く四頭の馬はいずれも青い目をした美しい白馬で、銀のたてがみには青いリボンが編み込まれている。

御者が高らかな掛け声とともに軽く手綱を鳴らすと、白馬たちはよく訓練された美しい足並みで走り出した。

馬車はまずぐるりと広場を回って皇帝夫妻が国民の歓呼に答える。花嫁は手にしていたブーケのリボンをほどき、笑顔で手を振る人々に向かって薔薇を振りまいた。

わっと歓声を上げて飛び上がった人々で争奪戦が起こり、運良く薔薇を掴んだ者は満面の笑みで手を振り回した。

　馬車は宮殿前の目抜き通りをゆっくりと走り出した。

　後ろには礼装した近衛兵《このえへい》が二列になって騎馬で続く。

　こちらの歩道も群衆でいっぱいだ。馬車の座席の後ろには赤と白の薔薇が山のように積まれており、ふたりは手を振りながらその薔薇を抜き取っては沿道に投げた。

　レアは感激で胸がいっぱいだった。

「こんなに大勢の人たちが集まってくれるなんて思わなかったわ」

「みんな俺たちの結婚を喜んでくれているよ」

　ユーリの言葉に頷きながらも、身が引き締まる思いだ。自分は国民に対して大きな嘘をついている。それを忘れてはいけない。ユーリの伴侶としてだけでなく、皇帝の妃として、これから大きな責任を果たさなければならないのだ。

「大丈夫だよ」

　レアの緊張を見て取ったユーリが囁いて手を握る。

　頷いたレアにユーリがキスすると沿道からわーっと大きな歓声が響いた。

　顔を赤らめたレアは、ちょうど目についた菓子店の看板に声を上げた。

「あっ……、この店」

　いつか宮廷を抜け出して、ショーウィンドウを覗き込んだ店だ。

「ああ、前に来たことあるな」

「覚えてるの⁉」

「赤いジャムのついたクッキーが気に入ってただろう？　ニコニコしながら食べる姿が可愛くて、見とれたよ。……あれはまだあるのかな」

「あるわ！」

目を輝かせると、「では取り寄せよう」と鷹揚にユーリは頷いた。レアは笑顔で彼の頬に唇を押し付け、またまた沿道から口笛や大歓声が巻き起こったのだった。


その後、この店の『花のクッキー』は宮廷でのもてなしに出される定番となり――。

いつまでも仲むつまじい皇帝夫妻と子どもたちが郊外へピクニックに行くときも、必ずバスケットに入れられた。

涼しい木陰に敷物を広げ、元気よくはしゃぎ回る子どもたちの歓声を聞きながら、愛するお妃の膝に頭を乗せて耳かきしてもらうことが、皇帝陛下は何よりお好きだったという。

皇帝陛下の専属耳かき係を仰せつかりました。

年の差婚は溺愛の始まり!?

番外編　新米皇妃様の知恵袋に任命されました。

「……ずいぶん冷えてきたわね」

降りしきる雪を居間の窓から眺め、レアは呟いた。編み物をしていたアンナが顔を上げる。

「本当に。このぶんではキロン河も早晩凍りそうです」

「そうしたら橇に乗れるわ」

ふふっとレアは笑った。固く凍りついた河は冬のあいだ道路になる。川向こうへ渡ったり、近隣の町や村との交流も夏とはまた異なる賑わいを見せる。

十二月に入り、帝都キロンはもうすっかり雪景色だ。壁に埋め込まれた大きな暖炉では絶えることなく火が焚かれ、レンガの輻射熱によって室内は温かく保たれている。

これから三カ月以上、ザトゥルーネ帝国では冬ごもりの季節が続く。ユーリとの結婚式は夏の始め、六月に行なわれる予定だ。すでに国民に向けての婚約発表も済み、レアは皇帝の婚約者として認知された。これからユーリと一緒に人前に出る機会も増えるだろう。

「レア」

入り口からユーリの声が聞こえ、驚いて振り向く。笑顔で側に駆け寄ると彼は優しくレアと唇を合わせた。

「どうしたんですか、陛下？　今日はずいぶんお早いお帰りですね」

「雪のせいか謁見希望者も少なくてな。相談したいこともあるし、早めに切り上げてきた」

　ユーリは手に持っていた革製の書類挟みを示した。

「新しい侍女の候補者が揃った。試用してみて気に入った者を選んでもらおうと思うんだが」

　カーヤを領地へ返してから、アンナを始め数人の女官たちが交替で付いてくれている。それで充分だとレアは思っているのだが、皇妃ともなればそうはいかないのだそうだ。

　正式な侍女は召使とはちょっと違う。話し相手として、また助言役として、主人と女官たちの橋渡しを行なう。当然、それなりに身分のある人物が好ましいとされる。

　これまでレアは身元不明ということになっていて、あまり仰々しい扱いは疑惑を招くのではとユーリが危惧したこともあり、専任の侍女はいなかった。カーヤは侍女ということになっていても実際には小間使いだった。

　レアには違いがよくわからなかったのだが、本来の侍女というものは主の身の回りの世話を自らするのではなく、それをするように他の召使を采配し、指示する役のようだ。

　そんなのいらないわ、と正直に言うと、皇妃となればそうもいかないのだよと優しくユーリに諭された。『友だちだと思えばいい』と言われ、レアはやっと納得した。

　確かに自分には『友だち』がいない。アンナもメイジー夫人も大好きだが、ずいぶん年上なので頼れる姉や叔母といった感じだ。カーヤとは年は近かったが、やはり『友だち』とはちょっと違った気がする。

レアはユーリと並んでソファに座り、候補者の名簿を眺めた。平民出身の皇妃ということになっているので、ふたりで相談のうえ身分を問わずに広く一般公募した。同年代がいいだろう、と年齢は十八から二十三歳くらいまで。百人近く応募があったなかから書類審査で半分に絞り、レアの性格を把握しているメイジー夫人とアンナが面接して最終的に十名の候補者が残った。

「このなかから気の合いそうな者をふたりか三人選ぶといい」

「誰を選んでもかまわないの？」

「遠慮せず、気に入った相手を選びなさい。長時間一緒に過ごすことになるのだからね。とりあえず、冬の間にひとりずつ宮廷に呼ぶ。気に入ればそのまま採用してもいいし、気が合わなそうだと感じたら、その時点で不採用にすればいい。変な遠慮はするんじゃないぞ」

レアは頷き、ひとりひとり候補者のプロフィールを眺めた。平民と貴族が半々といった感じだ。軍人の子女が過半数を占めているのは、やはりユーリが元軍人だからだろう。既婚者はいないが、婚約中とあるのが数名――。

「……あ。この人……」

見覚えのある名前を指し示すと、ユーリは苦笑した。

「ああ……。書類で落とすのは父親の手前、少々気が引けてね。面接でも弾かれなかったのだから悪くはなさそうだが。会いたくないなら無理に呼ばなくていいんだよ」

少し考え、レアはふるりと首を振った。

「この人と会ってみたいです」

思い切ってそう告げると、意外そうに目を瞠ったユーリはにっこりと頷いたのだった。


「――やったわ！　やったわ！　当選よ、大当たりよ！」

ノックもなしに扉を開け、昂奮した面持ちで居室に飛び込んできた母を、リュドミラは読みかけの本から顔を上げてうんざりと見やった。

「なんですの、お母様。帝都復興宝くじにでも当たりまして？」

「そうよ、当たったのよ！　新しい皇妃様の侍女に、おまえが選ばれたの！」

満面の笑みで母は開封した手紙をずいと示す。手紙を一瞥し、リュドミラは肩をすくめた。

「最終候補に残ったというだけじゃないですか」

「おまえが選ばれるに決まってます！」

「選ばれないに決まってますわ。大体、最終候補に残ったのが何かの間違いで――」

「これでモルテンめをギャフンと言わせられる！　ほほほ、最後に勝つのはわたくしよ！」

聞く耳持たず高笑いする母に、リュドミラはげんなりとかぶりを振った。母は娘時代に生家に出入りしていた商人のモルテンに対し、妙な対抗意識を燃やしているのだ。彼の羽振りがよく、新政府で要職を占めているのが気に食わないらしい。自分の夫だって皇室顧問官のひとりだし、生活に不自由しているわけでもないのだから、そんなに張り合うことないのに。

悪い人ではないが、母は見栄っ張りで途方もないお喋りだ。物静かで知的な父が何故こんなにうるさい母と結婚したのか、未だに離婚しないのは何故なのか、さっぱりわからない。

リュドミラも弟も性格的には父に似て寡黙なほうだ。家のなかは母ひとりで充分以上にいつも賑やかだった。

夢見る少女がそのまま大人になったような母は、新皇帝が即位したときから娘を嫁がせたがっていた。理由はもちろん皇帝がこの国で一番偉いからだ。家庭内とはいえ、そう公言して憚らない母にリュドミラは呆れを通り越して感心した。いっそあっぱれなくらいの見栄っ張りである。きっと父はとうに達観しているのだろう。

母は自分が皇帝と縁戚関係にあると主張している。なんでも、皇帝陛下のお祖父様の弟君の奥方の従姉妹が、自分の母の伯父の又従兄弟の連れ合いなのだそうだ。「それは他人です」と冷静に突っ込んだが、当然無視された。

貴族は貴族同士で結婚することがほとんどだから、どこかしらで繋がっているのがあたりまえだ。そんなことを言い出したら全員親戚である。

リュドミラが宮廷舞踏会で皇帝陛下と踊るのを見て母は有頂天になった。しかしその後、憎きモルテンの娘がふたたび皇帝と踊り、挽回の機会のないまま皇帝は会場から消えてしまった。

その夜、皇帝が二回踊った相手はエレナ・モルテンだけだった。当然彼女は鼻高々で、憤激した母は謁見制度を利用して皇帝のご機嫌伺いをせよとリュドミラに命じた。

いやだと言うと、このままでは死んでも死に切れない、母の最後のお願いをきいてちょうだいと泣きわめかれた。母は何かというと『最後のお願い』を持ち出すが、もう十回目くらいだし、未だにピンピンしている。

仕方なく宮殿へ行けば折悪しくエレナと鉢合わせた。母はモルテン氏に妙な対抗意識を燃やしているが、何故かエレナもまたリュドミラを一方的にライバル視している。昔から何かと絡まれて鬱陶しいことこのうえない。

共通の知り合いもいたので最初はなごやかにお茶していたのだが、高慢ちきなエレナの言動にだんだん腹が立ってきた。母のような見栄っ張りではなくても、リュドミラはたいそう負けず嫌いなのである。

面会したら皇帝にはキロン大学に女子も入れるようにしてほしいと陳情するつもりだったのに、茶話会への招待などという馬鹿げたことにせっかくの機会を浪費してしまった。

後日、皇帝陛下からは丁重な断りの手紙が送られて来た。もちろん秘書官の代筆だが、最後の署名だけは本人のものだ。ありがたがった母は手紙を額縁に入れて飾った。母の気が済んだのだからいいだろう。本当に皇帝陛下が拙宅にいらしたら、たぶん母は昂奮しすぎて倒れる。

その後、皇帝陛下は以前からお手許で慈しんでおられた令嬢と正式に婚約した。皇帝と二回踊って気に入られたと思い込んでいたエレナは、彼女に対しひどく無礼な言動を取ったとかで、父親の勘気に触れて地方の修道院に入れられてしまった。

それを聞いたときは胸がすいてせいせいしたものだが、そのうちにやはり少し気の毒に思えてきた。まぁ、モルテン氏だって何も一生修道院暮らしをさせるつもりはないだろう。皇帝の結婚式が済めば出てこられるはず。同時にどこかへ嫁がされるかもしれないが。

やっと訪れた平穏な日々をろくに満喫する暇もなく、母はリュドミラを宮廷に引っ張っていった。皇帝陛下の婚約者、レア嬢の侍女の面接だという。娘に内緒で勝手に応募していたのだ。もちろん抗議したが、また『最後のお願い』で泣き落とされた。

侍女になるつもりなんてなかったけれど、根がまじめなため適当にやり過ごすことができなかった。生来の負けず嫌いも手伝って『本当に侍女になるとしたら』という想定のもと、本気で受け答えしてしまい、その気もないのにリュドミラは最終候補に残ってしまったのだった。

数日後、宮廷から召喚状が届いた。実際に一週間から十日ほどレア嬢にお仕えして、気に入られたら採用される運びだ。気に入られるわけないが、考えてみれば宮殿の奥に入る機会など望んで得られるものではない。これも人生経験よ、とリュドミラは宮廷へ上がることにした。

女官長のメイジー夫人に案内されて宮殿の奥へと足を進める。礼拝堂の前を通りすぎ、角を曲がって渡り廊下を越えると、そこは皇帝の私的空間だ。

王朝が代わり、現在皇族と言えるのは皇帝とその婚約者だけ。革命時に放火されたこともあり、現在の居住区は意外にこぢんまりとしている。焼け跡に造られた庭園のほうが面積が広いのではないかと思えるほどだ。その庭園も今は雪に埋もれている。

通された居間は暖かく、すっきりと快適に整えられていた。部屋の中心にいるのは純白の髪をしたリュドミラと同年代の少女だ。その傍らにいる二十代後半の女性はアンナという女官で、面接のときに会った。

白い髪の少女ははにかんだような笑みをリュドミラに向けた。ドレスの裾を摘んで膝を折る。

「お初にお目にかかります。リュドミラ・グラチェーヴァと申します」

「レアです。今日は来てくれてありがとう。どうぞおかけになって」

会釈して向かいの一人掛けソファに腰を下ろす。レアの声は澄んだ響きがあり、思ったほどかぼそくはない。女官たちがティーセットを運んできてきぱきとテーブルに並べる。

（本当に可愛らしい方ね）

いろいろと噂は聞き及んでいても、実際に見かけたことは一度もなかった。皇帝はレア嬢をとても大事にしていて、宮殿の奥から滅多に出さないと言われている。

わかるわ、と内心リュドミラは頷いた。なんというか、妙に庇護欲をそそられる。髪色のせいなのか、繊細で儚げな印象が強い。あどけなく無邪気な表情は実年齢より少し幼く見えるが、それだけ大切に愛情を注がれて育ったという証だろう。

一方で、これはいじめたくなる人もいるだろうなと確信した。彼女のおっとりした純真さを許しがたい愚鈍と見做し、何故こんな可愛いだけのうすのろが皇帝の寵愛を受けるのかと苛立つ人間が絶対数いるはずだ。そういうタイプの人たちが、彼女のことを『愛玩物《ペット》』と揶揄するのだろう。

（エレナは絶対いじめるほうね）

昔から散々絡まれたので彼女の性格はよくわかっている。反撃されないかぎり際限なく調子に乗って突つき回すタイプだ。じっと耐えるのは逆効果にしかならない。

リュドミラがそれとなくレアを観察する一方、レアのほうは興味津々といった様子でリュドミラを見つめている。子どものような無邪気さに内心苦笑しつつ、心がなごむのも感じた。

「リュドミラさんは、グラチェーヴァ伯爵のお嬢さんなのね」

「どうぞ、お呼び捨てくださいませ。——はい、父は文化部門の顧問官を拝命しております」

「先日、宮廷美術館の展示替えがあって、グラチェーヴァ伯爵にいろいろと説明していただいたの。とても楽しかったわ。本当にたくさんのことをご存じなのね」

「父は博物学者でして、関心の幅が広うございますから」

「リュドミラ……も、とても頭がよさそうね」

ほぅ、とうらやましそうにレアは溜息をついた。

「父の蔵書を好きなだけ読ませてもらえましたので……」

「わたし、勉強が苦手なの。決して嫌いではないのだけど……。本も読むのがとても遅くて」

「本は楽しみながら読むのが一番ですわ。速度など気にされることはありません」

そう言うとレアは嬉しそうに笑った。

「読書は好きなのよ。一番好きなのは物語の本だけど、陛下がこの前、外国へ会議に行かれたでしょう？　そのとき当地の旅行案内を読んで、とてもおもしろかったから最近では旅行記をよく読むの。国や地域で気候も文化も違っていて、すごく興味深いわ」

ニコニコしながら紅茶のカップを傾けるレアの様子に、つい笑みがこぼれた。笑顔がすごく可愛い。小さな子どもだったら間違いなく頭を撫で回しているところだ。

コトリとカップを皿に戻し、レアは少し改まった感じで切り出した。

「あの……、訊きたいことがあるのだけど」

「なんでしょう？」

レアはためらい、しばらく悩ましそうに考え込んでいたが、やがておそるおそるといった調子で切り出した。

「あのね……、リュドミラは陛下のこと、どう思う……？」

リュドミラはカップの耳を摘んだまま、目を瞬かせた。

「は……？　どう、と言われましても……」

「お妃選びの舞踏会で、陛下と踊ったのよね？」

あ、そういうこと……と納得した。自分が皇帝陛下に特別な感情を持っているのではないかと危惧しているのだ。リュドミラは苦笑してかぶりを振った。

「でも……、陛下のことはご立派な方だと尊敬申し上げておりますが、それ以上は何も」

「陛下を自宅のお茶に招いたのでしょう……？」

何故そんなことを知っているのかと若干うろたえる。皇帝から聞いたのだろうか。

「そ、それは母の命令で……」

エレナとつい張り合ってしまったことは言わないでおこう。レアを軽んじるエレナとうっかり同調してしまったことも、今となれば後ろめたい。

「お母様？」

「はい。舞踏会に出たのも母の命令でした。舞踏会自体は好きですし、出るのはいいのですけど、わたしが皇帝陛下と踊る姿を見るまでは死んでも死に切れないと母に脅されまして」

「まぁ！　おかげんが悪いの？」

「いえ、いつもそんな調子なのです。見栄っ張りな人で」

肩をすくめると、目を瞠ったレアはくすくす笑いだした。

「おもしろいお母様ね」

「家族としては少々困りものなんですけど……」

溜息をつけばレアはますます愉しげに笑う。無邪気な笑顔を見ているとだんだん落ち着かなくなり、思い切ってリュドミラは打ち明けた。

「……実は、レア様の侍女に応募したのも、母が勝手にやったことなんです」

レアは深紅色の澄んだ瞳をぱちくりさせてリュドミラを見返した。

「あら……。それじゃ、リュドミラ自身はわたしの侍女にはなりたくないのかしら……？」

「そんなことはありません。こうして実際にお会いして、ぜひお仕えしたくなりました」

レアは照れたように頬を染めた。

「本当……？」

「はい。皇帝陛下はどうでもいいですけど、レア様には仲良くしていただきたいです。……あっ、どうでもいいとか言ってはいけませんね。不敬でした」

つい本音が……と顔を赤らめる。レアは目を瞬き、ぷっと噴き出した。

「リュドミラっておもしろいわね！　もっと怖い人かと思ってたわ」

「怖い……!?」

いったいどんな噂をされていたのだろう。気にはなるが、仕える相手であるレアが愉しそうなのだから、まぁいいか。

「一番にリュドミラに来てもらってよかったわ。……わたし、これまであまり人と会う機会がなかったから、きちんと判断できるかどうか自信がないの。助けてもらえるかしら……？」

不安そうにじっと見つめられ、リュドミラはつり込まれるように大きく頷いていた。

「もちろんです！　わたしにできることでしたら、なんなりと！」

「よかった。これで安心だわ」

レアがにっこりすると、扉のほうで女官の声がした。

「皇帝陛下のおなりです」

堂々とした長身の男性がふたり入ってくる。ひとりは皇帝ユーリ。リュドミラと同じような黒髪で、ザトゥルーネでは少数派だ。後に従うもうひとりは銀の髪。こちらもわりと珍しい。

目を輝かせて立ち上がったレアに、皇帝は冷厳な相貌をなごませて優しくキスした。

「陛下、リュドミラはとってもいい人よ。すごくおもしろいの。陛下はどうでもよくて、わたしと仲良くなりたいんですって」

そういうことは黙っていてほしかった……とリュドミラは恭しく身をかがめつつ赤面した。

どうでもいいと言われたことなど頓着せず、皇帝は婚約者に愛おしそうに微笑みかけた。その表情だけで、彼女が可愛くてしょうがないことが明確に伝わってくる。

「仲良くなれそうかい？」

「はいっ」

そうか、と頷いて皇帝はレアの目許にくちづけ、並んでソファに座った。婚約中だけあって、こちらが当てられそうなほど熱々だ。舞踏会でリュドミラと踊ったときとは全然違う。

皇帝はごく自然に婚約者の手を握りながらリュドミラに座るよう促した。もうひとつの一人掛けソファには皇帝に従って来た銀髪の男性が座る。

「こちらは参謀長官のイリヤさんよ」

ニコニコとレアに紹介され、イリヤは苦笑した。

「さん付けはもうやめるようお願いしたはずですよ？」

「あっ、ごめんなさい。ついくせで……」

イリヤはリュドミラに向き直って会釈した。

「イリヤ・レオニートと申します。お見知り置きを、リュドミラ嬢」

「こちらこそ」

会釈を返しながら、怜悧な灰色の瞳を見返してリュドミラはどきっとした。自分とよく似た色合いの瞳なのに、何故だかひどくどぎまぎしてしまう。思わぬ場所に鏡を発見して、ぎくっとするようなものだろうか……。

新しく茶器が用意され、淹れ直された熱い紅茶が運ばれてくる。

四人で歓談しながら、リュドミラは皇帝陛下よりも参謀長官に話しかけられたときのほうが鼓動が速まることに当惑していた。イリヤは物腰やわらかで、口調も穏やか。探られているという感じでもないのに、何故だろう。

これまで様々な分野の本をたくさん読んできたリュドミラだったが、レアと違って物語――特にロマンスものはほとんど読んだことがなかった。父の蔵書になかったからだ。

後に皇妃の知恵袋、当代きっての才女と言われることになるリュドミラ嬢。しかしこのときの彼女は、恋というものをまるで知らなかった。

あとがき

このたびは『皇帝陛下の専属耳かき係を仰せつかりました。年の差婚は溺愛の始まり⁉』をお手に取ってくださり、まことにありがとうございます。おかげさまで蜜猫文庫さんで二冊目の本を出していただけました。御礼申し上げます。

今回はロシア革命とフランス革命と妄想世界のあれやこれやを足して三で割った感じの舞台です。コワモテ英雄ヒーローと、おっとりぽわぽわ～んなヒロインの年の差ラブ。それぞれつらい過去もあったりします。タイトルからして基本コメディではありますが、シリアス要素も楽しんでいただければ嬉しいです。

あるとき「耳かき係」なる言葉がいきなり降ってきまして、イチャ甘でよさげじゃないかとお話を考えました。奥さんが旦那さんを膝枕して耳かきしてあげる、というのは和服なイメージなんですけど、そこをあえてドレスと軍服でやったらおもしろいんじゃないかと。

サマミヤアカザ先生の素敵な挿絵と併せ、たくさんの方々に本作を満喫していただけますように。またお目にかかれればさいわいです。ありがとうございました。

上主沙夜

蜜猫 Mitsuneko Label

蜜猫文庫をお買い上げいただきありがとうございます。
この作品を読んでのご意見・ご感想をお聞かせください。
あて先は下記の通りです。

〒102-0072　東京都千代田区飯田橋 2-7-3
(株)竹書房　蜜猫文庫編集部
上主沙夜先生 / サマミヤアカザ先生

皇帝陛下の専属耳かき係を仰せつかりました。
～年の差婚は溺愛の始まり⁉～

2018年6月29日　初版第1刷発行

著　者　上主沙夜

発行者　後藤明信

発行所　株式会社竹書房
〒102-0072 東京都千代田区飯田橋 2-7-3
電話　03(3264)1576(代表)
03(3234)6245(編集部)

デザイン　antenna

印刷所　中央精版印刷株式会社

Printed in JAPAN
ISBN978-4-8019-1506-0　C0193